CLAUDE CHASTAGNER MAI 11 londres

DES CHEVAUX NOIRS

Daniel Arsand est né à Avignon en 1950. Éditeur de littérature étrangère, il est l'auteur de plusieurs romans : *La Province des ténèbres*, *En silence*, *Lily* et *Ivresses du fils*.

DANIEL ARSAND

Des chevaux noirs

ROMAN

STOCK

© Éditions Stock, 2006.
ISBN : 978-2-253-12085-8 – 1re publication LGF

À Blandine de Caunes
À Mercedes Déambrosis
À Éric Lahirigoyen
À Aïda et Yves Roullière
À Hélène Villers

C'est venu sans prévenir, comme ça, vraiment. L'homme ne disait pas un mot, ne me regardait pas, et c'est venu d'un coup. J'ai parlé, et c'était la première fois que je m'abandonnais ainsi à ce qui avait été, j'ai parlé ce matin, et dans un beau désordre chronologique, j'ai parlé de mes ancêtres, autant dire d'un Centaure, d'un chirurgien fou et d'un bougre. D'un bougre, oui. J'ai repris le mot par lequel mon père désignait les membres de ma confrérie, si confrérie il y a. Papa était un homme pudique. Mais pas seulement, bien sûr. Il était bon, joyeux, secret, inflexible dans ses convictions. Il adorait sa femme, ma mère. Et je suppose qu'il m'aimait aussi.

J'ai donc parlé de ceux sans qui je ne serais pas celui que je suis aujourd'hui : un roi fantôme, un ange déchu et un dieu mort. J'ai décrit ensuite par le menu ce que j'ai vécu, lorsque j'étais couché au fond d'une fosse, les poignets tailladés et veillé par quatre chevaux d'ébène cabrés et étiques. C'est en évoquant ces instants – ils n'ont pas été, hélas ! les derniers de ma vie – que j'ai senti monter en moi ma bonne vieille fureur, mon alliée de tout temps. Mauvais et désespéré, je me suis mis à crier à cet homme assis en face de moi et qui persistait à se taire, j'ai crié qu'on m'avait hissé hors de ma tombe, qu'on m'avait empêché d'être un dieu à jamais silencieux. Et puis je lui ai demandé : Où sont les chevaux ?

Il ne m'a pas répondu.

Avant mon arrestation, avant ma cavale, avant mes crimes, j'aurais réitéré ma question. Mais je suis désormais trop fatigué pour cela. Je suis affreusement las. Avant, vous savez, je ne connaissais pas l'épuisement. Ça veut dire quoi d'ailleurs, ce changement ? Qui peut m'en donner la raison ? Vous ? Dites-moi ce que vous pensez de cette métamorphose. Parlez-moi, bon Dieu, est-ce que vous allez enfin m'expliquer pourquoi je suis si las ?

Une fois de plus il ne m'a pas répondu.

Et j'ai eu envie de frapper du poing sur la table qui nous séparait, j'ai eu envie de le tuer, j'ai eu également envie de pleurer. Mais il n'y a pas eu d'éclats de ma part, je suis resté immobile, cloué à ma chaise, toute ma fureur soudain en lambeaux et avec une tristesse brûlante qui me submergeait.

Pourquoi vous ne me répondez pas, pourquoi ?

Il était plus immobile que moi, impavide, c'est le terme, tandis que moi je commençais à trembler, doucement, à trembler de plus en plus. Je lui ai demandé si ici, en taule, il est facile de tuer. Est-ce qu'on tue en prison ? Et si oui, qui on tue ?

Il se taisait toujours.

J'ai dit qu'on m'avait confisqué mon couteau à cran d'arrêt.

J'ai plus rien ici. Ni lame, ni forêts, ni chevaux. Comment on peut vivre sans ça, hein ?

Et soudain il s'est fendu d'une question.

Un bougre, vous avez dit ?

Fichez-moi la paix !

Calme, il s'est penché vers moi et a murmuré : Vous

devriez écrire sur tout ce qui s'est passé, sur vous, sur ces dix-neuf années que vous avez vécues sur terre. Qu'en pensez-vous, Joseph Harfang ?

Je m'appelle Jo, pas Joseph, Jo. Je suis Jo Harfang.

Et c'est là que j'ai commencé à pleurer, à petits sanglots mornes, ou plutôt à petits sanglots coincés dans la gorge, à en étouffer, à regretter de ne pas avoir crevé dans cette fosse, entouré de chevaux cabrés, avec mon sang qui me tenait chaud.

Le temps imparti à notre rencontre hebdomadaire – du silence ou presque chez l'un, de la mémoire en transe chez l'autre – touchait à sa fin. Il a eu un léger sourire de connivence en me serrant la main. On m'a ramené dans ma cellule. Que je ne partage avec personne. On m'a isolé dès le début de mon incarcération, il y a presque trois ans. On m'a donc isolé de mes semblables. Mes semblables ! Un mot idiot, vide de sens pour moi. Je ne sors de mes trois ou quatre mètres carrés que pour me rendre aux entretiens avec l'avocat et le psychiatre que l'on m'a attribués d'office. De drôles de gens. Qui ne sont pas curieux de savoir ce que j'éprouve à me retrouver en prison. Avec eux je discute uniquement de mon passé et de mon avenir, pas de mes états d'âme. Je ressens quoi, d'ailleurs, je ressens quoi à être bouclé dans ces trois ou quatre mètres carrés ? Sûrement pas de l'effroi. Ni de la peur. Je suis d'acier, il faut le dire. Indestructible. Mais je m'ennuie. Voilà ce qui me mine. Sous l'emprise de cet ennui dévastateur j'ai peine à rêver, à croire que je pourrai de nouveau aller par monts et par vaux, un jour, déguenillé, insensé et royal. Je suis un prince d'ici-bas. J'étais un dieu. Je le suis encore. Le serai toujours. Regardez-moi, et dites-moi si je mens. De toute façon j'ignore le mensonge. Regardez-moi, je vous dis. Je suis sans âge et je suis vivant.

Il m'a conseillé d'écrire. Lui. Je ne vous donnerai pas son nom. Parce qu'en le prononçant je ne pourrais que greffer une histoire dessus. Et cette histoire m'encombrerait l'esprit. Je me détournerais de moi. Il m'a dit : Vous devriez écrire. Je me suis retenu pour ne pas lui cracher à la gueule : Imbécile, trou du cul, fous-moi la paix. Je l'ai haï profondément, quand il m'a demandé d'écrire. J'ai la haine franche, généreuse, flamboyante. Ce n'est pas tout le monde qui peut se targuer de vivre un sentiment si dense, si absolu. La vraie haine est chose rare. Je l'ai haï comme j'ai haï autrefois Éliane, et quelques autres. Mais peu après avoir quitté cet homme, le besoin d'écrire m'a envahi. Je fus soudain d'une exaltante sérénité. Le long des couloirs, dans ma cellule, je n'ai pas cessé de me répéter que je me souviendrais de tout.

De tout, oui. Mille, cent mille phrases, plus sans doute, me forgeront une cuirasse sous laquelle je serai chez moi. Et là, qui pourra m'atteindre ?

Dès le lendemain matin j'ai fait la demande d'une rame de papier et de crayons. On m'a tout accordé. Je suis un privilégié. Rien de plus normal, n'est-ce pas, quand on est ce que je suis ?

Je suis un dieu.

Un lit. Une tablette en guise d'écritoire. Une chaise. Je suis assis et je m'apprête à me lancer dans le récit où je serai l'enfant, l'adolescent et le fugitif que j'ai été, et par intermittences le dieu de la colère et de la vengeance. Il pleut. Une pluie humble et monotone. Je fixe un instant l'unique et étroite fenêtre percée haut, là-bas, si loin, où s'encadre un lé de ciel, cotonneux et rébarbatif. Je peindrai, et c'est un ordre que je me donne, je peindrai tous les ciels que j'ai contemplés, les ondoyants, les figés, les ternes, les radieux, tous, et je peindrai, avec la foule de mots qu'on m'a appris, qui sont un peu miens, je peindrai mon père, ma mère, Éliane Harfang, ma tante, de même que les ombres qui ont croisé ma route, celles que j'ai désirées et celles que j'ai renvoyées à leur néant. Je n'omettrai pas non plus de dessiner avec un luxe de détails mes chevaux, mes campagnes, mes rues, mon jardin. Mais par où commencer ? Jeter d'emblée sur la page blanche que j'ai tué une femme – ma tante – et quelques hommes – des inconnus, des amants –, ce serait aller un peu trop vite en besogne. Ce serait tout réduire à ma fureur et au plaisir que j'ai eu à frapper mortellement. Comment amorcer le premier chant de mon épopée ? Je ne sais pas. Alors je deviens tigre en cage. Et j'ai la tentation de piétiner plumes et cahier. Par quoi commence-t-on le récit d'une vie ? C'est quoi, un commencement ? Et c'est fait de quoi, une vie, même celle d'un dieu ?

Je songe à ceci et à cela. À un cheval dansant sa terreur devant un brasier, à un magnolia d'où j'ai surplombé la ville, à papa, à maman, à des garçons, à des visages, à des voix, à un berceau, à un chat, à des plaines, à une forêt, à un lac, à une bergerie, à des landes, à tous les sédiments par lesquels s'est constitué mon nom.

Plus de tigre et plus de cage. Mais ce type – moi – assailli de visions et chantonnant : Lignée de héros, dynastie de cinglés, et décidant que ça débutera avec eux, mes ancêtres, eux qui m'ont en quelque sorte engendré, façonné, livré à mon destin, eux qui ont porté avant moi un nom de rapace couleur de neige, eux qui sont pour moi devenus légende.

Je m'appelle Jo Harfang et je viens des confins du monde.

C'est mon père qui, à mon intention, a dévidé un soir le fil des biographies inspirées ou vermoulues, la plupart approximatives, de mes aïeux. Une ronde, un grouillement d'énigmes. Litanie faite d'or, de limon et de poussière. Ces suicidés, ces fous, ces doux à peine conscients de vivre, ces violents, ces gentils d'une sournoise insensibilité, je les avais accueillis d'emblée en moi. C'était il y a très longtemps.

Leurs destins, je vais les rassembler, je vais les agencer en un unique vitrail. Je vais aussi employer toute ma gaillarde imagination pour combler ce qui, dans leurs existences, n'est qu'espaces blancs, creux, grottes désertes. Je suis persuadé à l'avance que je n'inventerai rien d'eux. Je les ai vus tels qu'ils furent. Ils étaient là, en moi, autour de moi, anges gardiens et muraille dressée entre les foules et moi. Ils le sont toujours. Dès ma naissance ils m'ont reconnu comme le plus beau fleuron de leur lignée et ils ont entamé avec moi un dialogue qui depuis n'a pas cessé. Enfin, presque.

C'était un soir de mai. L'après-midi, juché sur Caliban, un Orlov, je m'étais révélé téméraire, délesté de toute lâcheté et de toute panique. Jamais encore je n'étais monté à cheval. Bien calé sur la selle et faisant corps avec l'animal, je m'étais dit qu'un jour ou l'autre je serais pareil à l'un de ces quatre cavaliers que décrivent les Écritures, les annonciateurs des pires fléaux. Je serais un justicier, je serais la foudre et avec moi disparaîtrait toute chose. J'avais quatorze ans.

Pour me remercier de la bravoure dont j'avais fait montre lors de l'inaugurale leçon d'équitation, mon père, le dîner achevé, avait entonné la complainte du Centaure, de l'insensé et du bougre.

Nous sommes dans le salon de notre villa – rue Léon-Frot, XIe arrondissement –, installés côte à côte sur le canapé vert, un fils et son père, dissemblables pour l'éternité, fugacement proches. Scène capitale, peut-être. Il n'y a que nous deux dans la pièce. Où est ma mère, elle qui rôde toujours non loin de nous, aérienne, scintillante, charnelle, obsédante, souvent haïssable ? Je ne l'aperçois nulle part. Étrange, son absence. Peut-être que maman s'est retirée dans la chambre conjugale ou au jardin, afin de nous laisser, son bel amour et son cher enfant, seuls. C'est ce que je me dis aujourd'hui, et j'ai raison.

J'ai presque aimé mon père, Vincent Harfang, ce soir-là. Parce qu'il m'offrait tout le passé dont nous étions issus. Parce que ce passé annonçait tout ce que je serais. Ce soir-là je me suis abandonné à la confiance, à la tendresse, à l'écoute, à la ferveur, à mes songes. C'est l'unique fois de ma vie où je me suis approché du sentiment amoureux. Car, voyez-vous, les plus hauts sentiments et les plus intenses sensations, malgré leur sincérité, tout ça donc se fracasse tôt ou tard en moi, contre une paroi de granit, entre la chair et le cœur, et ça meurt, tout bêtement. De cela je reparlerai bientôt. Nous sommes, ai-je déjà dit, dans le salon, assis sur le canapé vert. Il n'y a qu'une lampe allumée. Lumière mordorée et onctueuse. Qui nous cerne et nous enveloppe. Qui nous plonge dans l'illusion que rien ne saura nous briser. De son bras mon père m'entoure les épaules, puis me dit : Écoute et vois. Et j'écoute et je vois – des femmes, des hommes, des bêtes, des objets, des paysages, de l'immuable et de l'éphémère, et je me demande : Quand, les tornades de feu, quand, les averses de cendres, quand, tous les fleuves en crue, quand ?

Je l'ai écouté et je les ai vus. Ils étaient tous sous mes yeux. Ils le sont encore, contre ma peau, sous ma peau, lovés dans mon ombre, près du granit dont j'ai parlé, près de l'airain dont j'aurais pu parler. Ils sont libres. Ils ont surgi du passé, grandiloquents et énigmatiques. Odeurs de tourbe, de sueur et de métal. Je les hèle par leurs prénoms. Renaud. Éric. Christophe. Serge.

Nous sommes de la tribu des Harfang.

Notre nom a un parfum d'exil. Bien sûr.

Vous en avez connu beaucoup, vous, des chouettes harfangs dans l'Europe méridionale ?

Notre nom est fait de duvet, de serres et de neige.

Il a voyagé, notre beau nom. De déserts de neige (oui, je me répète, oui, j'aime ce mot : neige, et ce qu'il évoque : écume, draps, craie, lait, chaux, albâtre, lys, colombe, fromage, gelée) vers une région de landes, violacées, ventées, véhémentes en somme, parfaite image d'un infini tourmenté. Pour y échouer il a dû, notre drôle de nom, franchir des brumes hautes comme des falaises et des étangs sans borne ni mesure, si vastes qu'ils vous feraient croire que vous avez rencontré l'océan, il a dû aussi franchir des forêts plus ténébreuses que le puits le plus profond, celui qui conduit en enfer, et saturées d'une odeur de résine et de décomposition. Mais qui l'a porté, ce nom d'oiseau ?

De pauvres hères l'ont endossé il y a des siècles, plus, qui sait, en un temps où rien ne se comptait en heures et en années. Des hommes et des femmes se le sont approprié. Décrivons-les. De type kalmouk, les cheveux de jais, le teint mat (n'ai-je pas moi aussi le crin noir, les pommettes saillantes et une peau mate qui au soleil se cuivre allégrement). Des râblés, des musclés, des avec la fesse en pomme et un cou de taureau. Des guerriers emmaillotés de cuir. Menés à travers de grandes herbes en houle par leur chaman. Ils sont de la tribu des Harfang comme d'autres de celle des Choucas ou des Tétras. Ils sont montés sur de vifs petits chevaux laineux. (Où sont les chevaux, mes chevaux d'ébène, qu'en ont-ils fait, de ces chevaux sans prix ? Ils les ont démantelés ? Brûlés ? Réduits en cendres ? Je déteste les cendres. J'aime le feu et je hais les cendres.) J'appartiens de corps et d'esprit à cette tribu venue du fond des âges. Je suis un Harfang. Je suis immortel.

Dans mes rêves j'entends souvent le martèlement des sabots de leurs chevaux.

Mais qu'ont-ils fui exactement ? Et comment ont-ils pu échouer dans le royaume de France, en cette région qui deviendra le département de la Loire ? Ont-ils été subjugués par le fleuve qui la traverse, faussement placide, dangereux, donc, avec ses tourbillons, ses îles, ses berges tantôt rocheuses, tantôt de sables mouvants – un fleuve somptueux et indomptable, couleur d'anguille, comme s'il charriait de la nuit.

Tel un cauchemar ils ont dû surgir devant les habitants de cette province (plaine, bois, brande, monts). L'effroi, d'abord, le réflexe de survie, ensuite. L'esclavage ou presque sera le lot de l'étranger. L'asservissement aura été facile : les Harfang étaient harassés et faméliques. Spectres de cavaliers plus que troupe de conquérants. On leur volera leurs coursiers, mais ils garderont leur nom. Mariages consanguins, puis, afin d'échapper à une dégénérescence galopante, noces avec des Dupont, Meunier, Bertaud, et autres.

Sept siècles de pauvreté qui vous rendent invisibles, négligeables. Ténèbres où néanmoins se maintient le nom de neige et de plumes. Je n'ai rien pu apprendre sur ce que vécurent les Harfang durant cette période. Des humiliations subies de génération en génération, des maux transmis de père en fils les ont tous confondus en une masse unique, un nœud de silence et de cris étouffés, un brouet d'ombres. Mon père m'a dit qu'il y a eu à coup sûr parmi eux des bûcherons et des as de la serpette, des bergers et des braconniers. Des hypothèses. Et alors ? Je suis né de ce chaudron.

Hauts faits militaires, règnes plus ou moins longs, révoltes paysannes, révolution – corolle d'événements, sept cents années de braises et de grasse obscurité.

Mes rêves m'ont assuré que chez les Harfang le suicide a été monnaie courante. Mais qui étaient ces hommes et ces femmes qui décidèrent de tirer leur révérence en se balançant au bout d'une corde ou en se tranchant la gorge ? Quels furent leurs visages, leurs voix, leurs pensées ? Étant l'héritier de ces inconnus, de ces pauvres voués à la fosse commune, il est normal que je m'inquiète : serai-je demain pareil à eux ? Serai-je demain comme si je n'avais jamais été ? Moins qu'un feu éteint ? Moins que rien ? Et mort, on devient quoi, hein ? Et c'est quoi, un mort ? Pourquoi personne ne me répond ? Et ça sert à quoi, mourir ? Je dois me ressaisir. Il est des questions que je n'ai pas à me poser, puisque je suis un dieu et qu'un dieu, par définition, ne meurt jamais.

N'oublie pas un seul jour que tu es un dieu. Et le dernier des Harfang. Car il est des dieux qui n'engendrent pas.

Mais trêve de questionnements inutiles et de digressions assommantes et vaines.

J'écris, et, en ce moment, ne doit compter que le souvenir de mon père me murmurant : Écoute et vois.

De ce compost que furent sept siècles où l'on dressa des bûchers et dansa sur un volcan naquit Renaud Harfang, Renaud le vagabond, Renaud le bougre, Renaud le rebouteux.

La Terreur baigne dans son sang, la Convention vivote quinze mois, le Directoire annonce le règne de l'Aigle, le

Consulat a profil de César, l'Empire déploie ses ailes et l'Empire bientôt les replie, il n'est plus. Lorsqu'un Bourbon reprend les rênes de la France, Renaud Harfang a dans les vingt ans. Son père a été fauché par un boulet à Waterloo ; sa mère exerce le métier de brodeuse. Elle est propriétaire d'une masure prolongée d'un jardinet dans le faubourg Mulsant. Nous sommes à Roanne. Élise Harfang se désespère. Son fils est mauvais comme la gale, par trop adepte des pugilats de rue. De plus il refuse d'entrer en apprentissage. Elle devine que dans peu de temps il lui tournera le dos, qu'il ira sur les routes, qu'il se fera maraudeur et même chourineur professionnel. Elle appréhende pour lui le couperet.

Elle a deviné juste. Il la quitte une aube de juin. Il en a eu sa claque d'une mère banalement mère, c'est-à-dire attentionnée et indulgente, d'un jardin et d'une ville dans lesquels s'égarer est impossible.

Il foule le pavé de Lyon, puis celui de Paris. Dans la capitale il partage le lit d'une faiseuse d'anges. Par son intermédiaire il rencontre un certain Marcreuse, apothicaire, rue de la Grange-aux-Belles. Le bonhomme roule sur l'or, depuis qu'il a élaboré une mixture susceptible d'alléger la souffrance qu'engendre le tabès. Mais bientôt il se lasse des rencontres que les capitales suscitent. Il leur préfère les sentiers, les futaies et les champs. Couché sur l'herbe des clairières, alangui, béat, il se persuade qu'il est sans attache, sans âge et sans entrailles. Un dur qui se soûle de la vue du ciel et des odeurs sylvestres. De nouveau, et tout aussi soudainement qu'il a décidé de se fondre dans la verdure, il a soif d'aventures citadines. Bourges, Metz, Toulouse. Il couche avec Cécile et Sarah, Lucienne et Giselle, et se fait foutre par une ribambelle de gaillards, dont il ne saura jamais le nom. Il se veut multiple. Alors on peut voir le chemineau se métamorphoser en forgeron, charpentier, rétameur, cocher. Il sera aussi prostitué à Pau et rebouteux à Dax (sa mémoire est phénoménale, un vrai carnet dans lequel est inscrite la composition des sirops, des onguents et des poudres naguère fabriqués par Marcreuse). L'errance dure quinze années. Elle s'achève à Moulins où le hasard met Renaud en présence de Victor Foulques, un ferblantier, une connaissance de maman, et votre mère, lui décoche l'artisan, est morte, comme ça, sur le banc de son petit jardin. La nouvelle a sur Renaud un effet inattendu et prodigieux. Il a aussitôt besoin de poser besace. Il ira à Roanne. Il y va. Ne croyez pas qu'il a du remords d'avoir quitté autrefois sa mère, une femme douce qui vous disait : Viens près de moi, mon ange, mon agneau, mon soleil. Renaud Harfang est pur de tout regret – une chose si rare qu'elle en est extravagante. Il n'a que le désir de se replier quelques semaines derrière les murs de la maison maternelle.

En quatre jours la distance entre Moulins et Roanne est parcourue. Sa ville natale semble avoir rapetissé en son absence. Il est déçu, mais il est de retour chez lui. C'est bon. Il est surpris d'être si sentimental.

La masure embaume la poussière, la nuit d'hiver et le salpêtre.

Dans son escarcelle, quelques louis d'or. Le galvaudeur qu'il a été avait le goût d'économiser. Le temps où il se contentait d'un galetas est révolu.

Pendant une huitaine il s'occupe à récurer le carrelage, à cirer les parquets, à chauler et dératiser. Ensuite il arpente la campagne pour en rapporter des brassées de simples. Il mélange celle-ci à celle-là. Le breuvage qui en résulte a la propriété de soigner efficacement les vérolés.

De la chambre de sa mère il fait un cabinet de consultation.

Le voilà enfin prêt à se déclarer guérisseur. Il le sera. Il l'est. En moins d'un an il réussit à établir sa réputation d'homme à l'œil et aux mains infaillibles. En à peine plus de cinq ans il est un homme riche.

Le 25 janvier 1850, Renaud Harfang épouse Julie Lamproix, fille d'un tonnelier. La demoiselle est gironde. Elle se révèle ardente. Mais lorsqu'il se rend compte qu'il éprouve pour sa moitié plus de tendresse que d'amour, Renaud a des velléités de voyage. C'est faire fi de la réalité : il a cinquante ans et ses articulations se grippent à tout bout de champ. Les routes, et ça, il doit l'accepter désormais, n'ont pas été percées pour les rhumatisants. Contre l'arthrose ses mixtures sont inefficaces. Ironie du métier.

Renaud Harfang engendre un fils, parce qu'il est curieux de savoir si la bougeotte, l'intelligence et le talent se transmettent. Devant son marmot qui brille comme la plupart par sa laideur et ses braillements il exprime sa déception : Ce n'est donc que cela, un enfant ? Julie ne déroge pas au destin de beaucoup de femmes de son temps : elle meurt en couches. Renaud la pleure une semaine, puis ne songe plus guère à elle. Le veuf est libre maintenant de courir les garçons.

Le chemin de halage longeant le canal, les bords de la Loire, les alentours de la levée artificielle entre le fleuve et la place du Creux-Granger entretiennent depuis des lustres la réputation d'être des lieux de rendez-vous pour les invertis. On fricote sous les peupliers, contre les remblais, dans les fourrés. Régulièrement des justiciers castagneurs ratissent ces coins propices à la débauche. Le bourgeois comme l'ouvrier applaudissent aux roustes parfois mortelles que ces brutes administrent aux impudents dénaturés. Les victimes ne portent jamais plainte. Mieux : elles quittent la ville.

Après le décès de sa femme, donc, Renaud prend l'habitude de hanter les berges et la levée. Abandonner son fils à une servante pour des virées nocturnes n'est cause chez lui d'aucune honte. Je l'ai déjà dit : le remords n'est pas son fort. Mais il râle de ne pouvoir assouvir ses penchants au grand jour. Cette rage, il la repère très rarement chez ses frères de mœurs. Elle est en eux, mais inconsciente, silencieuse, muselée. Il le déplore. Et plus la sienne gronde en lui, plus il souffre d'un houleux sentiment de solitude.

Il rencontre Bernard Horst, rue des Minimes. C'est une rue qui sinue jusqu'au fleuve, jusqu'au royaume des quêteurs d'étreintes. Un soir de mai. Je veux que ce soit un soir de mai. Un mois tout de parfums et de velours. L'onctueuse tiédeur qui le parcourt aiguise les sens.

Ils se rencontrent donc rue des Minimes. L'un revient du dangereux Paradis des hommes qui s'accouplent avec les hommes, l'autre s'y dirige. Ils se reconnaissent. Ils sont amants, avant d'avoir échangé la moindre caresse. C'est ce qui s'appelle un coup de foudre. Ah ! je les jalouse, moi, Jo Harfang, ah ! j'aurais tant aimé m'incarner en l'un des deux. Horst conduit Renaud vers une anse de la rivière où un fouillis d'arbustes pourra masquer leurs ébats. Ils se possèdent tour à tour. C'est le début d'une histoire. Cela s'est passé ainsi, je l'affirme, bien que mon père, évidemment, ait bâclé son récit en quelques termes énigmatiques – ou sanglé de puritaines phrases fleuries. Papa était un homme libéral, mais prude, mais plein de mépris pour des gars comme Renaud et Bernard. A-t-il eu jamais l'intuition de ce que je suis ? J'étais son fils, et il ne creusait pas plus profond. J'étais son fils. Tout était dit.

Bernard Horst. Renaud Harfang. Deux amants. Ça me fait du bien d'écrire leurs noms. J'ai l'impression de respirer à leur rythme. Pendant quelques heures je serai ces deux-là. Et je vais comprendre ce que c'est qu'aimer.

Ils se revoient. Ils se lassent bientôt de n'avoir pour lit que du sable et pour murs que des buissons. Ils rêvent d'une chambre où pourra se perpétuer le désir qu'ils ont l'un de l'autre.

À la face de la ville Horst emménage un matin chez Harfang. La masure a été embellie, agrandie. Elle a désormais l'air d'une pimpante villa pour rentiers.

Les Lamproix élèvent Éric, leur petit-fils. Ils en ont retiré la garde à celui qu'ils surnomment le « Répugnant ». Comment accepter qu'un enfant soit élevé par un bonhomme qui loge sous son toit un aussi dégénéré que lui ? Renaud ne s'est pas opposé à l'enlèvement. Les Dioscures ont l'habitude de se balader nus dans leur fief dès la tombée du jour, et cette liberté-là ne s'arrange pas de la présence d'un môme. Éric végétera dix ans dans l'appartement des Lamproix, quarante mètres carrés qui ont odeur de lessive, de ragoût de mouton et de tabac froid. Avoir réussi à soustraire leur chéri à ce Harfang sans vergogne eut l'effet d'apaiser la douleur d'avoir perdu leur fille unique et la colère d'avoir pour gendre un infâme. Ces gens-là récupèrent vite. Moi, je les exècre. Pareille engeance est capable de tout pour préserver son bonheur. Ils crèvent enfin. Lui en premier, elle trois mois après. Une embolie les a envoyés *ad patres*. Le cœur le plus bardé de sérénité est parfois bien fragile. La tombe d'Amélie Lamproix aussitôt refermée, Éric retourne habiter chez son père.

Renaud et son rejeton n'ont jamais accédé à la fécondante fluidité des échanges qui s'établit parfois entre un homme et son enfant (mon père et moi, nous leur ressemblions ; l'impuissance à s'accorder vraiment nous a été transmise, comme tant d'autres choses, par nos aïeux, vous en avez ici la preuve ; en ai-je souffert ? oui, évidemment, mais furtivement, superficiellement ; ce fut une souffrance de peu d'envergure, plutôt triste et friable). Les discussions sérieuses qu'ils ont eues peuvent se compter sur les doigts de la main.

Éric apprécie Horst. L'amant de son père est secret, joyeux et insomniaque. Il n'évoque son amour pour Renaud que sous forme d'une mise en garde : Il n'y a rien de vivant hors de cette maison. Éric le croit.

Fort de cette croyance Éric se mue, adolescent, en plante de serre. Il se calfeutre dans sa chambre (la mienne aussi m'a été radeau, île, forteresse, prison). Il y reçoit uniquement Edmond Mellinand. Brillant, livresque, narquois, Éric écoute patiemment son précepteur jacasser sur l'Histoire, les étoiles et le destin à coup sûr funeste de notre planète. Il congédie Mellinand, quand il se rend compte que le maître n'a plus rien à enseigner à l'élève. Cloîtré volontaire, il se dit qu'excepté les livres, tout appartient à la boue. S'aventurer au-delà de la villa le terrifie.

Longtemps, Renaud Harfang se persuade que son gamin est un drôle d'oiseau, pas plus ému par le dard des messieurs que par le mont de Vénus des dames, jusqu'à ce qu'il s'aperçoive qu'Éric s'éternise en d'érotiques tête-à-tête avec leur cuisinière et servante, Sidonie Calèche.

Éric Harfang engendre un fils, Christophe.

Comme il en a été pour Renaud, le poupon, par ses pleurs et ses braillements, lui met les nerfs à vif et la cervelle en capilotade. C'est à devenir fou. Il décide alors de fuir son fils le plus souvent possible. À dix-huit ans, Éric Harfang se hasarde enfin dans la ville.

Le vertige est au rendez-vous. Qui, de la foule ou de lui, tangue ? Sa première sortie ne le mène pas à plus de cent mètres de chez papa, sa deuxième le porte jusqu'au fleuve, et le fleuve, large et tumultueux, éveille en lui un besoin d'espace (tous les déserts ne sont pas nécessairement de sable et de caillasse), sa troisième l'entraîne bien au-delà des faubourgs. La fatigue qui l'a accompagné dans les avenues et sur les places se détache de lui, dès qu'il atteint les champs et les mares. Il reçoit sur les épaules l'ombre froide de voûtes végétales que ne bouscule aucun vent et savoure un suave sommeil sur l'herbe tiédie par un très bel automne.

Un après-midi d'octobre, Éric s'endort au bas d'une haie. Soudain le galop d'un cheval le projette hors de ses rêves. Il se redresse. Un animal, comme une apparition. Un animal de jais, gigantesque. Croisement miraculeux entre le boulonnais et Pégase. La bête va et vient sur un grand pré. Le carrousel dure une bonne heure. Ses évolutions terminées, le cheval fonce vers l'horizon, puis est comme happé par une forêt. Plus tard, de retour chez lui, à table, dans son lit, partout, Éric se languit de cette chose immense et frémissante qu'a été quelques minutes durant un certain cheval. Il la veut de nouveau devant lui, mieux : il la veut contre lui, sous lui (ce désir-là, je l'ai connu ; je suis en quelque sorte le fils de cet homme). Il sera Centaure, se dit-il. Cent fois il va se poster près de la même haie et cent fois le monstre pacifique lui fait l'honneur d'une visite. Le merveilleux cheval ne se restreint bientôt plus à danser sur l'herbe. Regardez-le ! Maintenant il se dirige vers le jeune gars ébahi qu'est Éric Harfang. Un matin il accepte que son admirateur le monte. Après plusieurs tentatives, et sans souci du ridicule de ses efforts, Éric réussit à se caler sur le dos du patient animal. Du haut de Cheval – il l'a baptisé ainsi – il domine le monde. Position enivrante. Joie céleste. Sublimes instants. Cheval trotte, et son cavalier sourit, Cheval galope, et son ami ne glisse pas le long de ses flancs. Il continue à surplomber le monde. Il est bien en selle, et ce, pour toujours, croit-il. Éric Harfang s'est mué en une créature amoureuse des nues, des campagnes et de la vitesse.

Il acquiert Cheval, le 7 juin 1874. Émile Bergereau, son propriétaire, est ravi de pouvoir se débarrasser enfin, et de plus à un bon prix, de cette bête réfractaire au mors, et qu'aucun enclos ne sait retenir. Il monte à cru son coursier. À l'indienne. Il est un Sauvage de France.

Il n'a pas caché à son père ni à Horst, ni même à Sidonie Calèche, l'achat de la cavale. On a haussé les épaules. On a eu la patience de l'entendre raconter ses amours avec un cheval, avec également un paysage de genêts et de bruyères. On l'a traité d'incurable romantique. Renaud a prêté l'oreille aux récits de son fils avec plus d'attention et moins d'ironie que les deux autres. Sans préambule il déclare un soir à son siphonné de rejeton que les Harfang possèdent une friche, d'une honorable superficie, dans les parages de Jurée. Il précise que sa mère ne s'y est jamais rendue (elle détestait le vent, la gadoue, les ronces et les vipères) ni lui non plus, d'ailleurs. Pourquoi ? Il s'interroge. Peut-être parce que l'endroit a mauvaise réputation. Dans la bergerie construite il y a plus d'un siècle, un des nôtres s'est pendu, dit Renaud. Mais toi, mon garçon, tu sauras sans doute lever la malédiction. Séjournes-y et sois sourd au chant des sirènes.

Éric Harfang n'y séjournera pas, il s'y installera.

L'amant de la Calèche et le géniteur aux nerfs

constamment en pelote n'est plus. Après plusieurs mois d'isolement complet sur la lande (l'ancienne bergerie a résisté aux frimas et aux ans, ses murs sont encore des murs et son toit n'est qu'en partie effondré), il a tout de l'ermite. Ses traits se sont émaciés, sa tignasse a été colonisée par les lentes, son regard est vitreux. N'avoir pour se nourrir que des baies et du menu fretin ne vous leste pas d'une panse de chanoine. Il ne fera en une décennie que deux incursions à Roanne, l'une pour épouser Sidonie et reconnaître ainsi son fils, l'autre pour assister aux obsèques de son père. Ces dernières se déroulent sous un ciel blanc et dans une chaleur d'étuve. Aucune messe n'a été dite. Les Harfang sont des mécréants. Au cimetière, Éric, vêtu comme l'as de pique et puant pis qu'une mouffette, paraît souverainement détaché. De toute évidence cet homme jouit d'être en rupture de ban. Il y a foule (qui à Roanne n'a pas eu recours une fois dans sa vie aux services de Renaud le Guérrisseur?). On observe son fils, on le juge. Faut avoir un sacré grain pour se retirer là-haut, dans ce désert où l'on n'a pour compagnie que des chouettes, des renards et du vent. Surtout quand papa vous lègue un joli magot. On l'épie, et ça finit par agacer l'héritier. Il en a marre d'avoir à se tenir droit, de jouer les impassibles parmi des marbres grandiloquents et des brassées de couronnes de fausses perles inusables, face à une fosse, avec à ses côtés un Horst noué de détresse et une Calèche de glace, habillée en dame et tenant par la main un môme à la tristesse ostentatoire. Éric Harfang n'a rien à fiche de tous ces gens. Mais, tout de même, d'où provient sa grandiose indifférence à leur égard? De quelque chose de fracassé en lui et de si profondément enfoui que c'en est introuvable? Assez de questions et assez du tumulte qu'elles ont procréé! (À noter que presque tous les Harfang ont été enclins à ces péchés mignons que sont penser et exercer une frénétique lucidité sur autrui comme sur soi-même ; je ne faillis pas à la règle ; mes confessions n'en témoignent-elles pas ?) Assez ! Alors, il siffle son cheval qui pâture dans un coin du cimetière encore vierge d'ossements, et Cheval répond aussitôt à l'appel. Éric l'enfourche, fait un vague salut au troupeau d'affligés, presse les flancs de son ami et, ennuagé de poussière, part en trombe.

Je n'ai jamais pénétré dans un cimetière. Mais il m'arrive de rêver d'hypogées et de pyramides, d'être ailleurs, sous terre, en conciliabule avec des morts, et pas seulement les miens. J'ai fouillé souvent dans les archives de mon père, l'architecte, avec l'espoir de dénicher le projet d'une cité funéraire – temples, urnes, dalles, sarcophages, allées ou avenues bordées de cippes. En vain. Mon père, si beau, si intelligent, si utopiste, et si décevant, comme toujours.

Un an après les funérailles c'est au tour de Horst de mourir. Il meurt sur le sentier menant à la thébaïde d'Éric. Las d'avoir à partager quotidiennement le même espace avec un enfant qui n'était pas le sien et une femme qui n'ouvrait la bouche que pour tresser des louanges à son fils, un gamin très sage et indéchiffrable, et drôlement prétentieux, il avait donc décidé de prendre le taureau par les cornes. Il aurait une conversation avec Éric, afin de le persuader de remplir ses devoirs de père et d'époux. Lui, Horst, il se retirerait dans un petit appartement au centre de la ville. Mais son cœur cède dans la montée. Horst s'affaisse, ne fait pas la différence entre l'opulent silence d'un soir brûlant de juillet et celui qui roule en lui et le broie. Flambent encore un instant dans sa mémoire toutes les images de son passé, et puis sa mémoire s'éteint d'un coup, et il ne sait plus rien du silence et de sa vie.

Sidonie Harfang, née Calèche, n'est pas femme à se soûler de nostalgie. Elle a baissé le rideau sur le bref et exaltant autrefois, ces vingt et une semaines pendant lesquelles elle a été plus une amante qu'une servante. Elle se voue désormais à son fils. Chaque matin elle boit un grand verre de la potion qui a entretenu la renommée de Renaud. Si ce breuvage est célèbre pour enrayer la progression du tabès et de la phtisie, il peut tout aussi bien, pris à hautes doses, apporter l'immortalité. Veiller sur son garçon pour l'éternité, c'est ce qu'elle désire le plus au monde. Christophe, l'enfant divinisé, semble vraiment attaché à elle. Mais il est des attachements qui sont moins issus de l'amour que d'un puissant besoin d'être aimé. C'est pourquoi Christophe Harfang est d'un égoïsme infantile. Je me reconnais dans ce gamin au cœur apparemment sec.

La potion n'aura pas l'effet espéré. Un jour Sidonie se couche pour ne plus se relever. Avoir été sans cesse l'esclave de son prince pendant près de deux lustres a épuisé ses forces. Jusqu'à son dernier souffle elle garde son âme de servante. Christophe, petit bonhomme de douze ans, est fasciné par le corps maternel qu'une irréversible fatigue cloue au lit. Sa fascination est si totale et si permanente qu'il en oublie à qui appartient ce corps exsangue. Il sera désormais possédé par la passion de scruter des chairs anonymes et souffrantes. Le 17 octobre 1884, le voilà orphelin. Il contient mal sa colère : en mourant sa mère le prive de l'objet de son examen et de ses réflexions.

Christophe Harfang a pour parrain Théodore Amphise, le médecin qui a visité Sidonie tout au long de sa fatale langueur. L'homme recueille l'adolescent sous son toit.

Et qu'en est-il de son père, tandis qu'on le dorlote et qu'on s'apprête à lui enseigner l'art de devenir un homme ?

Oui, qu'en est-il d'Éric Harfang ?

Les sureaux embaument. C'est l'été. Depuis quelques semaines Éric confond le jour et la nuit. Sur son stérile empire l'ermite promène sa chancelante silhouette. Un soir il n'a même plus l'énergie de se traîner à l'intérieur de la bergerie. Il tombe d'une masse au pied d'un genêt et tout est fini. Au loin Cheval musarde. Il va d'un buisson à une mare et d'une mare à un bosquet. Sa déambulation dure des mois et des mois. Il ne s'approchera de son compagnon que lorsque celui-ci aura été réduit à une carcasse. Il s'en approche donc, puis du sabot éparpille les os. La chose accomplie, il trotte vers un ruisseau, le passe, accélère l'allure, entame un galop de tous les diables. Il coupe à travers les blés et l'avoine, piétine le rêche velours des tournesols, danse, animal fou ou bête de cirque, comme au temps où Éric Harfang et lui se faisaient Centaure. Il danse dans des clairières et sur des flaques de lumière, soleil ou lune.

Il apparaît ici et là. Un paysan le surprend dans la cour de sa ferme, un cantonnier le voit se rouler dans la poussière d'un chemin, un fêtard l'aperçoit une aurore prendre l'amble dans une rue de Vichy. L'animal semble se multiplier. On dit qu'il peut se métamorphoser tour à tour en écharpe de brume, comète de feu et hippogriffe. La couleur de sa robe s'est altérée. Elle a été d'ébène, elle est grise de fumée, elle sera du blanc intense avec des reflets bleutés, ceux de la neige au crépuscule. Bourrasques, congères, étangs gelés – l'hiver 1900 est rude.

Cheval s'évanouira dans la blanche immensité de la plaine roannaise un matin de décembre, et l'on ne saura plus rien de lui.

Tous ces hommes – Renaud, Éric, Christophe – sont pour moi des légendes. Des héros, je ne sais pas, mais des légendes, oui, ils en sont. J'écris ce qu'ils ont vécu, ce qu'ils ont été, et je me fatigue d'écrire. Ils ont été des hommes libres. Moi, j'ai dix-neuf ans et on me retient enfermé, parce que j'ai tué, et c'est injuste. Tuer, est-ce si terrible ? Je vais crever ici, on ne me rendra jamais la liberté. J'ai dix-neuf ans. A-t-on déjà vu un dieu emprisonné par des hommes ? Faut-il tirer la conclusion que les dieux meurent comme les hommes ? Alors, dites-moi, si c'est le cas, à quoi sert d'être un dieu ? Je suis un dieu et je vais mourir. Encagé, suis-je encore un dieu ? Qui peut me répondre ? Et ça sert à quoi, écrire ? À tenter de dire ce qu'est un homme ? À se souvenir du temps où l'on était un dieu ? Mon témoignage sera celui d'un dieu mort, parce que redevenu homme. C'est infiniment triste. On serait fatigué d'écrire à moins.

Mais je dois continuer à gribouiller. Parce que même à dix-neuf ans on ne se refait pas. Je n'ai jamais failli à ma tâche. Naguère – ou jadis, quand, en somme ? – j'ai dit : Je tuerai, et j'ai tué.

J'ai dit : J'écrirai, et j'écris.

J'écris, donc.

Il était une fois.

Ou mieux : Christophe Harfang a treize, quatorze, quinze ans.

Christophe Harfang a sa chambre et son couvert chez le docteur Amphise.

Le garçon promet. Il sera chirurgien. Il porte un intérêt croissant aux ligatures et aux amputations.

Les écorchés me répugnent. J'ai toujours tué proprement. Un coup de lame bien dirigé, et peu de sang, c'est ça tuer comme un dieu.

Revenons à Christophe. Amphise attend beaucoup de lui.

Christophe Harfang est comme le bonheur, pas facile à décrire.

Lui et Amphise ont établi entre eux une robuste complicité à travers leurs échanges sur les dysfonctionnements du foie et les complications pulmonaires. Inflammation de l'appendice, occlusion intestinale, diarrhées suspectes. À chacun sa litanie.

Le médecin et l'adolescent ne sont pas de la même espèce. Tout esprit scientifique qu'il ait, Amphise n'en est pas moins un homme pour lequel les serments, les poèmes, les rêves, c'est beau, c'est nécessaire. Pour Christophe, les mots tendres sont tous, sans exception, désuets, et l'amour une stérile occupation.

Est-ce que je lui ressemble ? Qui me le dira ?

Accélérons.

Harfang entre à la faculté de médecine de Lyon avec pour bagage de solides connaissances sur l'anatomie, la pharmacologie, les vertus de l'hygiène. Amphise a été un excellent maître. Des études brillantes et une vie privée inexistante décrivent parfaitement le carabin qu'il est pendant son internat. On le respecte, mais hors de l'amphithéâtre il ennuie. Il ne court ni la rôdeuse ni l'arpète, encore moins l'éphèbe ou le costaud. Vierge il est arrivé à Lyon, vierge il retournera à Roanne. Pourtant, c'est un sensuel, mais un sensuel né pour la fidélité conjugale.

Il épouse Lydie, fille d'Amphise. Il continue à loger à l'hôtel de la rue des Capucins, demeure centenaire de l'archiatre. On vend la villa des Harfang. Elle manquait de style. Et ses murs, pour avoir abrité des amours masculines, sentent par trop le soufre. Pareille émanation peut empoisonner l'imagination, ou simplement incommoder un esprit dédié au bien de l'humanité, tel qu'est celui de Christophe Harfang.

Eut-il de l'amour pour Lydie ? Je réponds oui. Il l'aima d'un amour serein, pas compliqué, fluide en somme, constant. Je n'ai cependant aucune envie de nuancer le sentiment qui lia ces deux-là. Ce qu'a représenté Christophe pour ses contemporains, je m'en contrebalance. C'était, disons, un homme sage, austère. Un sectaire, avant tout. S'il m'avait connu, il m'aurait méprisé d'un mépris conventionnel, mais quel mépris ne l'est pas, il m'aurait haï, mais d'une haine butée, sans panache. À ses yeux j'aurais été un garçon dont la moindre action aurait par trop empesté le fagot et le fouteur de culs. J'aurais été pire que Renaud et Éric réunis. Une nullité scandaleuse, à chasser sans ménagement de son foyer. Je le vomis, ce Christophe Harfang. Mon père l'admirait, mon père disait que c'était un grand homme. L'imbécile ! Vous comprenez, j'espère, pourquoi je n'ai pu aimer mon papa que jusqu'à un certain point, et très brièvement.

Ça m'aurait plu de régler son compte à Christophe Harfang. Le dégénéré de la lignée, c'est lui. Pourri par des siècles de morale imbécile. Il fut à peine un Harfang, lui, l'autocrate corseté de grisaille. J'ai honte, moi, le dieu, moi, le flamboyant, de l'avoir eu pour ancêtre.

Est-ce en songeant à lui que m'est venu le besoin de tuer ?

Puritain, il l'a été, sauf dans les draps conjugaux.

Il a engendré deux enfants, Violaine et Rodolphe.

Les années d'avant la Première Guerre mondiale furent

pour lui comme pour beaucoup de sa classe des années de prospérité.

Christophe Harfang est célèbre. C'est un génie du scalpel. Il est riche. L'hôtel Amphise s'empâte, sous ses ordres, de tourelles, d'atlantes et de frises. Monsieur le Chirurgien est fier de cette pierreuse grandiloquence. Un écrin à sa vanité contrôlée.

Malgré la neige, la grêle, les pluies et les vents, les saisons respirent le calme. Les jours se répètent. Le futur, croit-on chez les Harfang, sera aussi somptueusement paisible que le présent. C'est l'ultime croyance d'une certaine société.

La guerre, soudain.

Rodolphe est haché menu par la mitraille allemande, lors de la bataille de la Somme. Avant de porter les épaulettes il a eu le temps d'engendrer, lui aussi. Il a eu un fils, Serge, de Solange Maillevert. Sa belle sera internée le 8 décembre 1920 à Sainte-Agathe, asile inauguré sous le règne d'Offenbach. Chaque lundi Christophe Harfang lui rend visite. Ma chère, comment allez-vous aujourd'hui ? Elle est muette. Elle est folle. Après sa petite question convenue et idiote il couche contre le flanc de Solange un bouquet de jonquilles, de roses ou de chrysanthèmes. Il s'assoit ensuite sur une chaise. Ma chérie, si vous saviez… Et sans plus de préambule il déballe les bulletins de santé de ses malades, les indestructibles comme les mourants. Parfois il évoque son impuissance à soulager de leurs maux son cheptel d'éclopés, de tousseurs, de vérolés, de cancéreux. La liste de ses échecs close il susurre : Bonsoir, ma chérie, à lundi prochain.

Ma chérie.

Moi, il m'aurait haï.

Ma chérie.

S'est-il un seul jour intéressé vraiment à elle ? Je ne le pense pas. Elle était sa silencieuse confidente. L'immuable silence de Solange plaisait à son égoïsme à toute épreuve. Il ne parlait que de lui, toujours. Avec elle il pouvait se laisser aller à ce qui l'obsédait et le fascinait : les abcès, la gangrène, les purulences, les amputations. Après tout il était peut-être un vrai Harfang : il avait un grain. J'ai été injuste avec lui, me semble-t-il, mais il faut bien être injuste avec quelqu'un, sinon on est trop lisse, on n'est rien. Et puis, tandis que j'écris, je n'ai que lui à haïr, et la haine m'est vitale. Elle me donne des ailes. Elle me donne un corps. Elle me permet de vérifier que, même de derrière les barreaux, je suis inchangé. Haïr m'est encore possible. Je ne suis pas encore mort ou pas encore un autre. Je suis toujours Jo Harfang. Aujourd'hui comme hier je sais haïr.

Christophe Harfang.

Puritain maigre comme un clou. Un échassier à tête d'aigle déplumé. Un aigle au rabais (je suis musclé, j'ai la peau tannée comme un vieux cuir, j'ai la chair ferme – je ne suis pas le reflet de cet homme). Et sa femme ? Mince, très mince, invisible presque, si frêle, si inconsistante, pas de seins, pas de hanches, pas de fesses, du négligeable, et souriante avec ça, mais ses sourires vous rendent mélancolique. On avait des photos de ce couple à la maison. Et son fils ? Ce jeune Rodolphe, ce jeune homme affublé du prénom d'un prince d'Autriche rongé de syphilis ? On n'a conservé de lui aucun cliché. Ah ! son père a dû regretter de n'avoir pas assisté à sa fin. Voir souffrir quelqu'un de son sang l'aurait-il doté d'un peu d'humanité ? Est-ce qu'il a maudit cette sale guerre pour lui avoir volé la précieuse agonie de son rejeton ?

Tant de mystères parmi nous, les Harfang, tant de choses à réinventer.

Et sa fille ? À ses désirs il n'accédera jamais. Il refusera de l'aider à créer un haras – et l'élevage des Genets et des Orlov restera à l'état de projet –, il refusera qu'elle vadrouille de par la planète pour étudier les aborigènes d'Australie – elle se limitera à feuilleter d'anciennes relations de voyage –, il refusera de financer un institut de beauté – et elle n'aura à maquiller que ses poupées de porcelaine. Il lui refusera ceci et cela, tant et si bien qu'elle finira par s'enfuir de la forteresse paternelle. Elle passera des frontières, elle résidera à Lisbonne, Athènes et Oran, elle sera dans ces villes femme entretenue. Ce sera à Londres qu'elle tombera amoureuse. Elle abandonnera Peter Smallwood, propriétaire de plusieurs palaces sur la Riviera française et italienne, pour Richard Wistanley, un fourreur yankee qui l'épousera à New York. Violaine Wistanley, née Harfang, s'éteindra à Nayac, le 9 août 1951, d'une congestion cérébrale. Richard ne se remariera pas et n'aura aucune liaison. C'est quasi centenaire qu'il décidera de ne plus penser à elle en ouvrant le gaz.

Pas grand-chose à dire de plus de ces gens. Pourtant, de temps en temps, je me suis identifié à Violaine. Pas vraiment à elle en tant que femme, non, mais à quelqu'un qui prend ses cliques et ses claques, qui voyage, qui roule sa bosse, quelqu'un de libre et de désespéré peut-être, ou qui le paraît, on se dit : celle-là, elle est comme si elle n'avait jamais eu d'enfance, une adulte tout de suite, puis un feu follet. Je la rêve.

Christophe Harfang – un astre mort, dès son premier jour sur terre. Il n'a qu'une seule fois stupéfait son entourage. Ce fut lorsqu'il fit de son bâtard de petit-fils son petit-fils tout court. L'enfant porta son nom.

Serge Harfang.

Serge est un muscadin qui ne cesse de lorgner les filles. Un garçon que tout animal effraie (pour lui, il n'en était pas de familier) et, comme son aïeul, un doué du bistouri.

Un matin de l'année de ses vingt ans, Christophe lui révèle qui est sa mère et où elle végète. Bizarre, non, que le patriarche ait attendu si longtemps pour lui apprendre pareille réalité. Pour le voir souffrir enfin, ce coureur de jupons ? Pour que se tarisse chez son héritier le goût de séduire ? Hypothèses qui coulent de source, parfaitement ajustées à la personnalité de Christophe Harfang.

Depuis le matin de la tardive révélation Serge rôde dans les parages de Sainte-Agathe, mais sans oser en franchir les grilles. Je ne peux pas, je ne peux pas, gémit-il, et il a la vision d'une ombre prisonnière d'une camisole de force. Fixant la bâtisse, ses murs d'enceinte, son parc, il prononce des mots d'amour à l'adresse de sa mère, des mots qu'il ne murmurera à personne d'autre tout au long de son existence.

La guerre, de nouveau.

Il y participe. Il aspire à se muer en torche vivante ou en bouillie de chair. Mais aucune balle ne l'atteint. Le regret si vif d'avoir été épargné colonise peu à peu toutes ses pensées. Démobilisé, il affecte néanmoins l'insouciance, il peaufine son image de beau gars au sang chaud.

Ce n'est qu'à plus de trente ans qu'il renonce à ses frasques, qu'il rejoint la cohorte des hommes mariés. De Catherine Lesueur il a Vincent et Éliane.

En avril 1951 décède Solange. Christophe Harfang en est assommé. Leurs tête-à-tête lui manquent. Il a des somnolences de plus en plus fréquentes. Il est vieux, définitivement. Il radote, ou, béat, il psalmodie « roses, lilas, chrysanthèmes », « pivoines, œillets, marguerites »,

« Sainte-Agathe, Sainte-Agathe, Sainte-Agathe ». À en perdre le souffle. Il meurt en battant des bras comme un qui se noierait. Il meurt six mois seulement après Solange.

De la veuve-brindille, ainsi la surnomme son petit-fils, Serge est l'infirmier consciencieux. Clouée sur son fauteuil ou comme envasée dans ses draps, la dame très maigre se crispe sur son malheur. Serge lui donne la becquée, la torche, la change, la coiffe. Elle lui est indifférente : elle est trop malléable, trop douce, trop ignorante, trop bonne, trop souriante. Son indifférence, telle une douillette ou une armure. Derrière cette protection, des images de carnage et d'emmurées.

Une hémorragie, et la veuve-brindille n'est plus. Dans le tiroir de sa table de chevet Serge découvre la photo d'une jeune fille d'autrefois, avec voilette et mitaines de dentelle. À son dos a été inscrit de la main de Christophe Harfang : Solange Maillevert, avant son internement. Et voilà que Serge se dit qu'il ressemble à cette femme, qu'il est bien son fils, qu'il a comme elle l'œil clair, le front large, le nez légèrement busqué, les lèvres minces. Sur la photo rien dans le regard de la demoiselle ne laisse présager son ensevelissement dans les ténèbres. Et pourtant, il en a été ainsi. Il en déduit donc que les traits les plus lisses sont un masque, un leurre. Il se dit encore qu'il sera pareil à elle en tout. Il est promis à la démence. Il est vraiment son fils. Et rarement fils a été le décalque mental de sa génitrice. Alors il prend la résolution d'épargner à sa femme et à ses enfants la vue d'un homme guetté par une sombre et irréversible métamorphose. Du jour au lendemain il s'oblige à repousser les caresses de ses gosses et les tendresses de son épouse. L'étonnement de Catherine et de Roger Meyrin (cet homme et Serge ont ouvert en 1950 une clinique) à sa décision de s'installer à demeure dans son bureau l'exaspère autant qu'il l'exalte. Il se montre brutal dans ses explications.

Il a établi et paraphé la liste des obligations auxquelles doivent maintenant se soumettre ses proches :

1 – Lucie – la bonne des Harfang – lui livrera quotidiennement un panier contenant toujours les mêmes vivres : un litre de lait, une tourte aux poireaux et une compote de pommes.

2 – Il est inutile de chercher à entrer en contact avec lui, sauf s'il en exprime le désir.

3 – Tous les mois il passera une nuit rue des Capucins, afin de vérifier qu'en son absence les tâches ménagères ont été strictement accomplies. Que ça embaume l'encaustique et qu'il n'y a pas un mouton de poussière. Il exige une demeure propre. Il exige d'être seul, lorsqu'il en arpentera les couloirs et les pièces. Femme, progéniture et domestiques iront dormir où bon leur semblera.

Ce qui peut surprendre, c'est que Catherine Harfang ait pu accepter si docilement ces ordres et ces interdictions nés d'un cerveau frappé d'insanité. La révolution qu'a opérée son cher et tendre dans leur couple l'a à coup sûr terrifiée, révoltée, mais elle n'en laissa rien paraître. Elle était femme à attendre que reviennent les jours heureux, et ils reviendraient, comment en douter. Elle était peut-être stupide. Elle avait choisi la patience, sans s'apercevoir que patienter frôle souvent l'absurde et le dérisoire. L'espoir était sa folie à elle. Tout, excepté l'amour qu'elle portait à son homme, tout se dissiperait tôt ou tard. Parfois, cependant, elle se demandait comment un être humain pouvait brusquement devenir un autre. Mais elle faisait bien vite taire son incompréhension, sa colère, son effroi. Pour que ces trois ennemis de son espoir ne la tourmentent plus elle se réfugia de plus en plus souvent dans le souvenir d'une vie conjugale qui avait été radieuse, de même qu'elle développa un tyrannique sentiment maternel, une ascèse en quelque sorte.

Vincent et Éliane maudissent un père maintenant invisible. Ils vont jusqu'à le détester. Brouet que cette haine, qu'ils assaisonnent de ressentiment. Comment un père a-t-il pu s'arranger pour leur devenir à ce point énigmatique ? Décidément, ils ne sont pas gâtés par la vie. Il y a papa, mais il y a aussi maman. D'elle, ils ne supportent plus les théâtrales déclarations d'affection. Ils en ont plus qu'assez de ses « Je vous adore, mes bébés », de ses « Ne me quittez jamais », de ses « Où allez-vous, restez près de moi, mes chéris ». Un jour, ils se feront la malle, celle-ci pleine à ras bord de vieux silences moisis et d'icônes dédorées.

Ils grandissent. Ce sont des adolescents maintenant. Des petites choses coriaces, allergiques au tragique et aux ruines, et priant pour que leur professeur de français ne leur impose jamais de rédiger un portrait de leur père. L'inventer, d'ailleurs, serait-il possible ? Ils ont des rêves, mais pas d'imagination. Une impuissance cafardeuse à le voir, là-bas, dans sa foutue clinique, dans son bureau. Loin de ses enfants, à quoi peut s'occuper un père ?

Ils s'enfuiront de chez eux, un jour, c'est juré.

Octobre 1957.

Il pleut. Il y a même eu une volée de grêlons, ce matin. Mars ressurgit en plein automne. Une humidité tenace nappe les dix mètres carrés de ce que l'on peut baptiser le jardin de la clinique Harfang-Meyrin. Des buis, un catalpa et un rosier blanc aux fleurs rouillées par les premières nuits froides. La porte-fenêtre du bureau de Serge Harfang donne sur cet enclos. Il pleut donc, et c'est le soir.

Rituellement Serge consacre une heure ou deux, généralement entre chien et loup, à éplucher les livres de comptes de son établissement. N'a-t-il aucune confiance en l'homme d'expérience chargé de la comptabilité ? Possible. Ses vérifications terminées il se lance dans une partie de jeu de l'oie. Jeter les dés, pousser un pion de case en case. Lanterner sur un pont – arches trapues et eau couleur de l'acier –, saluer l'acrobate ou le Pierrot, le rat ou le puits – envie d'en palper la pierre, de plonger en ses profondeurs. Des scènes champêtres illustrent les quatre coins du tableau. L'une d'elles représente justement un troupeau d'oies. À l'horizon, des prés et des champs. Ce soir-là, Serge a un irrépressible besoin d'escapade, de parcourir des espaces inconnus, d'aller au-delà de la ville, au-delà de campagnes que ne parcelliseraient ni haies ni fossés. Soudain il se souvient que les Harfang sont propriétaires d'une friche à une vingtaine de kilomètres de Roanne. Il serait bon qu'on se débarrasse de cette lande, disait parfois Christophe. Sur une carte il avait même pointé un jour son emplacement. C'est grand et ça ne sert à rien. Et ceux qui s'y réfugient deviennent maboules. Serge lève les yeux sur le jardin de sa clinique et le trouve misérable. Il ira sur la friche, et tout de suite.

Il roule sur une route couleur d'anguille. Des feuillages font voûte au-dessus d'elle. Il y a du vent. Et la verdure se gondole, s'ébouriffe, se creuse. Comme Serge, mon grand-père, j'ai vu le vent, je l'ai vu, et j'ai désiré qu'il me soulève, qu'il me transporte sur une île – rapt élémentaire et divin –, je l'ai vu, le vent, tandis que des hommes et leurs chiens, meute dévoyée, étaient à mes trousses, j'ai vu le vent et je les entendais.

Il roule. Il dépasse un village (derrière des murs un ramassis d'endormis), il roule, il roule, il aborde des terres vides de fermes et de cultures. La route monte, s'escarpe, serpente bientôt entre des étendues que boit une nuit très noire. Il pleut. Cela fait un bruit très doux contre les vitres de la voiture. Une bête surgit d'un buisson de ténèbres, s'immobilise, puis retourne au néant. C'est un chevreuil. Serge Harfang crie : C'est un chevreuil. Il le crie sur un ton empreint d'une joie pure, de cette joie qui subsiste, même amoindrie par les ans, jusqu'à l'heure de mourir.

Il débouche sur une poignée de masures. Une dizaine de baraques tassées sur leurs pierres, guère plus, qui éveillent en lui la crainte que le désert s'achève ici (j'ai connu cela, j'ai moi aussi maudit les pierres et les portes, tout ce qui protège du monde les Gentils). Trois secondes après avoir longé le hameau, le désert reprend ses droits. Et quelques minutes plus tard Serge se gare près d'un petit bois.

Il marche sur un sentier herbu. Il approche de la friche.

C'est à moi, à moi, à moi.

Sa joie est intacte. De l'airain et du feu. Alliage rare.

En guise d'allée des Sphinx, un abreuvoir d'un côté et une mare de l'autre. Il dit : Voilà l'abreuvoir et voilà la mare. Il est parvenu à son domaine. Il avance ensuite à travers un labyrinthe d'arbrisseaux. Au matin, dans la lumière, ce seront des genêts et des ronces. Il ronchonne parce qu'ils griffent ses mains et ses vêtements. Mais s'habitue peu à peu à l'épreuve. Le fouillis apparent crisse de toutes ses torsions et de tous ses rampements et de toutes ses arches. Il se rappelle brusquement qu'il a dans la poche de sa veste une torche électrique. Grâce à elle il pourra éviter les ornières et les épines. C'est mou sous lui. Un sol détrempé. La pluie redouble et en redoublant brouille l'or pâle projeté par la lampe. C'est ainsi, aveuglé, qu'il se heurte à une paroi sarmenteuse. L'ancienne bergerie est encore debout. Il en palpe le manteau végétal. Il glisse contre, pendant quelques mètres, brusquement rencontre le vide et perd l'équilibre.

Il est affalé de tout son long sur un sol qui sent le champignon, la sphaigne et la bestiole crevée. Il ne cherche pas à se relever. Cette odeur puissante et millénaire lui plaît. Il ferme les yeux, s'endort comme une masse. Il ne se réveille qu'à l'aurore, transi. Le froid ne dresse en lui aucune peur ni aucun désespoir. Il se serait rendormi si un grand lièvre ne l'avait observé du seuil de la ruine. Il ne détalera que lorsque Serge étendra le bras pour le toucher.

Il quitte la pose du gisant. Il éprouve la nécessité de palper la plante et la roche, de recevoir sur son visage les premières lueurs du jour.

Il ne quitte sa thébaïde qu'après avoir regardé longtemps une grappe de corneilles perchées sur un merisier, contemplé la lande et ses vallonnements, entraperçu une belette et affolé un râle. Ce royaume est le sien. Il sera là demain, et tous les soirs. C'est sur une terre stérile et foisonnante et entre des murs branlants et sous un toit en partie effondré que son goût pour la théâtralité et son inclination au suicide se conjugueront. Ici, c'est décidé, il se tranchera les veines, encerclé et veillé par des chevaux de bois précieux, hiératiques et indestructibles.

Toutes les nuits il est au rendez-vous que lui donnent la lande et la bergerie. Le jour il rendosse son habit de chirurgien. La défroque est de plomb. Il s'ennuie à opérer et à recoudre. On dit qu'il a l'esprit ailleurs lors de ses consultations. Il s'ennuie et son ennui altère de façon inquiétante son maniement du bistouri et rend hésitants ses diagnostics. Roger Meyrin lui conseille le retour au lit conjugal et des vacances. Serge le rembarre. Meyrin en vient à surveiller de près son associé. Pourquoi Harfang passe-t-il des heures et des heures à consulter les livres de comptes ? Pourquoi ces randonnées nocturnes dont il rentre à l'aube fourbu, hâve, agressif et plâtré de gadoue ? Et de qui reçoit-il ces lettres postées tantôt de Paris, tantôt de Rome, avec toujours au bas de l'enveloppe le dessin d'un ours stylisé ? Ces questions ont leurs réponses en juin 1965, date à laquelle le scandale dit des « chevaux noirs » éclate.

Le facturier a rassemblé les preuves que Serge détourne des fonds. Un soir, tandis que son collaborateur est à humer l'âcre vent de la lande, Meyrin force le tiroir de son bureau. Une correspondance y est serrée. Toutes les lettres sont signées « Mario Orso », un sculpteur des plus célèbres. On y apprend que le 14 mars 1963 Harfang a commandé quatre statues de chevaux en ébène. Il les souhaite, écrit-il, d'une taille supérieure à celle d'une bête normale, et cabrés, étiques, et la lèvre retroussée, et l'œil fou. Le prix demandé par l'artiste en aurait fait pâlir beaucoup, ce qui, à l'évidence, n'a pas été le cas de son client. D'ailleurs celui-ci a réglé rubis sur l'ongle les quatre versements relatifs à chacun des géants de bois. Jointe à la liasse de lettres, une pochette en plastique grenat contenant un carnet dans lequel ont été soigneusement consignés le jour et le montant de chaque malversation, les pièces relatives à un prêt hypothécaire sur l'hôtel de la rue des Capucins et le double d'un mot où Harfang remerciait Orso de la livraison de ses chefs-d'œuvre au lieu-dit Les Genêts, près de Jurée.

La raison du détournement de fonds suinte des murs de la clinique. La vérité s'invite à la table des braves gens. C'est alors que Meyrin se décide à annoncer à celui qui a été son associé et son ami qu'il y aura sous peu poursuite judiciaire à son encontre.

On va l'arrêter, on va l'incarcérer, on va le cuisiner. Meyrin et ses sbires exercent déjà sur lui une constante surveillance. Mais il est rusé, ça oui. Un matin, Serge Harfang parvient à prendre la poudre d'escampette, et ce quasiment sous le nez de ses geôliers d'opérette. Quelques heures plus tard il accomplit ce dont il a si souvent rêvé : il se taille les veines à l'ombre de quatre chevaux noirs.

Jamais je ne me tuerai. Jamais. Jamais. Jamais. Vous avez déjà vu, vous, un dieu qui se supprime ? Moi, non. En revanche, un jour, je me dissoudrai dans la lumière. Je serai enfin quelque chose d'innommable, qui n'appartient pas à ce monde. Jamais, non, jamais je ne me tuerai.

Serge Harfang est mort.

Un chirurgien connu s'est suicidé pour échapper à la justice.

Catherine Harfang épluche tous les journaux pour y recueillir le moindre article sur ce chirurgien célèbre, l'homme qu'elle a tant aimé.

Et notre nom, se dit-elle, par la faute de mon salaud de mari, notre nom a tout l'air désormais d'une vieille guenille nauséabonde. Et notre ruine financière se profile à l'horizon. Et cet horizon est proche. Et lui, continue-t-elle à se lamenter, lui, il m'a rejetée, humiliée, puis définitivement abandonnée. Catherine a été coupable de croire en son retour au bercail. Le remords a sur elle l'effet d'un acide – de mémoire d'homme ou de femme aucun baume n'a eu la vertu de calmer un cœur rongé. Le ressentiment et l'épouvante façonnent dorénavant son quotidien. Et la colère, une colère acérée et tourbillonnante, depuis qu'elle a dû se rendre à la bergerie, se pencher au-dessus du suicidé, râler un « C'est bien lui ». L'or des genêts et le violacé des bruyères, les quatre murs drapés de verdure et infestés de vermine et les démons à crinière et sabots la narguaient. Tant de beauté ricanant à son désespoir et à sa fureur. Ces chevaux infernaux, aujourd'hui, et que Dieu en soit témoin, elle les condamne à un rapide pourrissement. Une promesse qui lui donne l'impression d'exister encore un peu, d'être d'ici et non d'ailleurs.

Ses enfants l'ont choyée une semaine durant, mais ils ont repris ensuite le train pour la capitale, ils sont retournés à leurs études. Ils ne lui manquent pas beaucoup, et c'est étrange, et plus étrange encore, elle ne s'en étonne même pas. Seuls le dessein qui l'obsède, ses cauchemars et le souvenir de son homme occupent son esprit.

Tout ce qu'elle a jadis apporté en dot est vendu, et au galop : l'hôtel de la rue des Capucins, le verger du faubourg Mulsant et le champ au lieu-dit Le Beau-Balthazar. Il est maintenant possible d'envisager le remboursement total de la malversation.

Elle se rend trois fois en deux mois sur la friche, qu'elle ne s'est pas résolue à liquider (est-ce qu'on vend un désert ? est-ce qu'on vend un tombeau, vide ou non ?). À sa dernière visite l'accompagnent cinq types en bleu de travail outillés de pelles et de pioches. Ils ne sont pas de la région. Roanne ainsi ignorera toujours qu'ils ont été engagés pour terrasser un jour plein et une nuit entière dans une odeur de terre éventrée et de fange. Un chèque, une poignée de main et adieu.

Dix-neuf semaines après la disparition de son déraisonnable époux, Catherine Harfang sirote un soir un grand verre d'eau coupée généreusement de digitaline. C'est de cette façon qu'elle a décidé de tirer sa révérence.

C'est fait. J'ai ressuscité tous mes morts, tous mes ancêtres. Ceux qui ont été pour moi plus que des chevaliers, plus que des héros, plus que des rois. Je suis né d'eux. Je suis un agglomérat magnifique de silence et de lave, comme tous les dieux le sont, non ? Aucun mot ne pourrait me décrire. Je suis plus qu'une phrase, plus qu'un chapitre, plus qu'un livre. Je suis quelqu'un. Je suis l'indicible et je suis de feu. Je voudrais déjà tenter de parler de moi, être seul avec moi-même. Mais avant de me lancer dans cette entreprise il me faut évoquer l'homme qu'a été mon père, la femme qu'a été ma tante. Écrivons donc sur un frère et une sœur, sur Vincent et Éliane Harfang. Je vais les ressusciter, je vais les rendre immortels. Nous sommes eux comme moi de la race des Phénix. Hors nous, qui aurait le culot de se targuer d'appartenir à cette si précieuse espèce ? Nous venons de très loin. Nous avons été à l'origine du monde. Ne m'interrompez pas ! Fermez-la et écoutez-moi.

Écoutez-moi.

Un frère et une sœur.

Vincent et Éliane.

Ils sont venus à Roanne et en sont repartis, les étudiants parisiens, les tout frais orphelins, les héritiers d'une rude et lunaire lignée d'extravagants et de mélancoliques.

Ils ont enterré leur père, puis leur mère, celle-ci sous un ciel de neige sale, sous un de ces ciels dont sont prodigues les étés d'une violente moiteur. Ils ont assisté à la descente en terre du cercueil, mais c'est à leur père qu'ils ont songé, à tout ce que cet homme ne leur avait pas offert. Ils ont pleuré, mais au plus secret d'eux-mêmes.

Ils dorment rue des Capucins. Bientôt, demain même, l'hôtel changera de propriétaire. Et les jeunes Harfang prendront enfin leur envol. Vraiment.

Vincent dit : Je serai architecte. Éliane dit : J'enseignerai la labyrinthique grammaire française. Tous deux disent : Nous bâtirons un palais à Paris, nous l'investirons de notre volonté d'oublier le passé. Ils dînent d'un sandwich. Ils se retirent dans leurs chambres respectives. Ils sont imprégnés de leur pacificatrice complicité.

Peu avant l'aube le silence éveille Éliane. La jeune femme quitte son lit et son repaire. Elle rejoint son frère. Il dort. Il ne l'a pas entendue ouvrir la porte, s'avancer vers lui, respirer à un pas de sa peau. Il est nu. Le regard d'Éliane s'attarde sur le corps de l'homme qui dans son sommeil a repoussé le drap. Ce corps ne l'émeut pas. C'est avec une douce indifférence qu'elle le fixe. Elle sait depuis toujours vers quel continent l'orientent ses désirs. Il y a les filles, et puis le reste, loin derrière, c'est-à-dire son frère et des spectres. De son inclination elle n'a jamais eu honte. Elle laisse la honte à qui s'ennuie. Son absence de culpabilité la pare d'un air de jubilante sérénité. La maison se feutre de nuit pâlissante. Et son frère persiste à dormir. Elle ramène le drap sur lui. C'est le plus sûr moyen pour que le ronfleur se réveille. D'ailleurs le voilà qui s'étire, qui bâille. Il se demande pourquoi elle est à son chevet. Elle murmure : Les chevaux sont là-bas, nous irons cet après-midi.

Un taxi les y conduit. Ils n'ont pas de voiture à eux et celle de papa a sans doute été bradée par maman, l'idiote. Le chauffeur les attendra. Ils débarquent dans un fouillis végétal. L'univers est en fleur. Ils sont fébriles, ce sont des jeunes gens exaltés.

Où sont les chevaux ?

Éliane voue aux gémonies sa mère. Qu'a donc fait maman des canassons de bois ? D'ébène, oui, c'est ça. Des bêtes sans prix. Noirs et immenses. Ils sont où ? Où sont les chevaux ? L'interrogative litanie ne se rompt qu'au moment où ils distinguent, dans un coin de la bergerie, clouée à une caisse, une forme blanchâtre et toute racornie qui sent drôle. Une hulotte, dit Vincent. La bestiole a été badigeonnée d'un blanc de céruse. Une main malhabile et rageuse a voulu qu'un rapace très commun soit des neiges, soit harfang, du bec aux serres. Sur le jabot de la déguisée une touffe d'épingles. Débile vaudou d'une veuve vengeresse. C'est ça, le testament d'une épouse et d'une mère ? Salope, et les larmes emplissent les yeux d'Éliane. Mais elle refuse l'apitoiement et le deuil. Elle dit et répète : Où sont ces putains de chevaux ? La morte se moque d'elle. Les morts sont odieux. À cause de l'un d'eux, plus de magot et plus de rentes. Où sont les chevaux ?

Éliane s'est enfuie de la bergerie. Vincent la prend dans ses bras, tandis qu'elle couine des cris mouillés de sanglots. Où sont les chevaux ? Où sont les… ? Où… ? Et la comptine se fait inaudible.

Soudain, Éliane décide : On se tire.

Dans le taxi elle ordonne : À Paris. Elle a du fric dans son sac et quelques bijoux, ce qu'elle a raclé au fond de tiroirs. Elle se love contre son frère. Elle se délestera bientôt d'hier et de jadis. Elle entre en somnolence. Allez, chevaux, plus vite.

Vincent Harfang. Vingt-deux ans. Signe du Poisson. Ascendant Lion. Lorsqu'il sera amoureux, l'ondin de nature discrète s'exilera sur la terre ferme, et là se dévoilera tel qu'il a toujours été au fond de lui, fiable, doué pour le bonheur, sentimental et bosseur.

Éliane Harfang. Vingt ans. Signe du Cancer. Ascendant Sagittaire. Sous l'eau sage, des tourbillons, un lit de vase. L'archer est là, prêt à surgir du fleuve, il attend celle qui sera sa victime.

Ils ne sont plus vraiment des enfants, mais ces presque adultes se tiennent sur un socle de chimères. Ils se croient des créatures solaires. Parce qu'ils ont réussi à oublier que le jour n'est rien sans la nuit. Ils ont l'amnésie forcenée.

Elle baguenaude un temps dans les couloirs et les amphithéâtres de l'université de Jussieu, avant de s'enfermer dans leur deux-pièces, rue Feydeau, tout près de la Bourse, pour se consacrer à taper à la machine les thèses de quelques agrégés réfractaires à la frappe.

Il est un brillant étudiant en architecture. Diplôme en poche, il est embauché par le cabinet Lederer et Marchal. Salaire convenable et horaires indécents. Il rêve de créer des havres de paix, des nids d'aigle et des îles de pierre et de verre. Des lieux où l'on peut à loisir et au calme, en tutoyant les astres, peaufiner sa carte du Tendre.

Parfois, le week-end, Vincent Harfang, mon père, papa, alors ce jeune homme très beau et très doué, Vincent Harfang, donc, s'assoit sur le banc d'une avenue ou d'un square pour crayonner ce qui l'entoure – des platanes, un seringa, des automobiles en stationnement, un bout de trottoir, une armada de pigeons, une façade, l'été, l'hiver, n'importe quoi. Très vite s'empilent sur ses genoux dix, vingt, trente esquisses. Soudain de petits frissons le parcourent. Le monde ne semble plus avoir grand-chose à lui offrir qu'il ne connaisse déjà. Il n'a plus alors qu'à se lever pour secouer toute la tristesse qui l'a envahi.

Lui et maman m'ont très souvent raconté leur rencontre dans une boîte de jazz. Ç'avait été un coup de foudre entre eux. «Coup de foudre» est une de ces expressions qui barre la route à tout commentaire. Il se suffit à lui-même. Mais moi, je veux plus. Je veux me les représenter en train de tomber amoureux. Je veux éprouver leur désir. Je veux vivre ce que leurs corps ont vécu.

Je veux être eux, un moment, le temps d'aligner certaines phrases. C'est ce que je veux.

Il l'observe en se demandant si la dessiner se conclura par de la tristesse. Il se jette enfin à l'eau : il lui propose un verre. Ce à quoi elle répond simplement : Pas ici. Au matin, il se prélasse dans le lit de cette fille, Laure Delage. Devant un bol de café ils se disent qu'ils n'ont pas eu à se conquérir, et que c'est ce qu'on appelle une vraie rencontre. Il est certain que, même si un jour l'amour cède la place à la seule tendresse et la tendresse à un sentiment flottant et tiède, il subsistera malgré tout entre eux quelque chose de doux et d'indéfectible, quelque chose d'imparfait, mais de vivant.

Il sera chiche en confidences sur son enfance. Il citera juste l'hôtel des Capucins, la ville de Roanne, il décrira succinctement sa campagne natale, la lande, ceux qui l'ont précédé. Il sera quasi muet sur l'homme et la femme qui l'ont engendré. Il s'en excusera en prétextant qu'il est peu habile à tracer des portraits. Comment dire une mère envahissante, foudroyée ou corrodée par l'attente d'un miracle ? Et que dire d'un père fascinant, détesté, insane et invisible ?

Laure, elle, reconstituera soigneusement le puzzle qu'ont été ses vingt premières années à Dieppe. Roger et Simone Delage devenus jumeaux par la haine sourde et vitale qu'ils se vouaient sans plus avoir la capacité de s'en remémorer l'origine, deux personnes mauvaises et grotesques, deux êtres cultivant l'insomnie par crainte que l'autre pourrisse leur sommeil de cauchemars. Roger claque la porte un matin pour ne plus revenir. Sa femme, privée de leurs affrontements, de toute cette poix asservissante, n'a bientôt plus la force ni la volonté de nouer une apparence de relation avec sa fille. Laure Delage exècre cette matrone bredouillant à toute heure sa nausée d'avoir à vivre. Elle se tourne alors vers le monde extérieur, dans l'espoir de s'y perdre ou de s'y construire, ignorant encore si elle est de glaise ou de granit. Ce n'est que majeure qu'elle sera orpheline, parisienne et sorbonnarde.

Je les vois. Ils sont nus et emmêlés. Ils font l'amour. Je leur octroie un corps. C'est moi, leur fils, qui les dote d'un corps. Je suis, dans ces pages, leur créateur. Je suis leur maître. Je leur interdis cependant de gémir. S'ils gémissaient ils deviendraient obscènes. Et ça, je le leur interdis. J'ai droit de vie et de mort sur eux. Je leur ai donné un corps, c'est déjà beaucoup, non ? Ils sont beaux, et je ne les désire pas. C'est moi qui referme la porte sur eux. Sans moi, rien n'existe. Sans moi, la mort et la résurrection n'existent pas. Moi, Jo Harfang, je traverse les siècles.

Pendant qu'ils se caressent et se possèdent, Éliane, ma tante, ronge son frein, les invente peut-être elle aussi, se morfond dans son épineuse solitude, soupire. Elle songe à son frère, souhaite sa disparition, songe à sa belle-sœur, ma chérie, ma déesse, mâchonne des injures à l'adresse des deux.

Vincent a emménagé chez Laure.

Éliane reçoit le jeune couple à déjeuner. Gerbes de glaïeuls, partout, sur la commode, au bas des fenêtres, au centre de la table. Le rite de l'apéritif, et aussitôt Éliane a une lourdeur dans la tête. Malgré la migraine naissante, des salves d'amabilité et le contentement de se sentir prodigieusement disponible. Elle a de la classe, cette Laure Delage. Qui est-elle vraiment ? Qui êtes-vous ? Qui es-tu ? Soufflé au fromage, bœuf Marengo, riz à l'Impératrice. On est repu. On n'en peut plus. Un après-midi d'alanguissement. Des papotages qui ne laisseront aucune trace en Éliane, en eux, son frère et cette femme, des amants, des gens si différents d'elle. Ensuite, sur le seuil de l'appartement : Ce fut une belle journée.

Vincent Harfang épouse Laure Delage, le 8 juin 1973.
Je suis né le 9 mai de l'année suivante.
Entre ces deux dates, quels événements, quelle routine ?
Laure attend un enfant. Elle attend un fils. C'est moi qu'elle attend.
Mon père travaille comme une brute. Il rentre tard le soir. Il est épuisé. C'est un bel homme fatigué. Mais aucune fatigue ne saurait vaincre le désir qu'il a de sa femme. Ils sont encore à l'aube de leur histoire. Qu'ai-je été exactement pour eux ? Et qu'ont-ils été pour moi ? Suis-je à même de le dire ? Est-ce qu'il y aurait tant à dire sur eux, sur moi, sur nous ?
Ont-ils de longues conversations ? Ont-ils appris à se connaître ? Est-ce que faire l'amour apprend à se connaître ? Y a-t-il une autre nudité que celle des corps ? Parlent-ils plus des autres que d'eux-mêmes ? De moi ? De l'enfant à venir ? De qui parlent-ils ? D'Éliane ? Sans doute. Laure se plaint d'elle. Une fureteuse, une collante. Éliane ne cesse de lui téléphoner. Une emmerdeuse. D'indigentes petites phrases en futiles confessions se tissent entre ces deux femmes des liens pour le moins insatisfaisants. L'une n'est que ferveur bridée et timidité paralysante et l'autre que distance obligée et morne gentillesse. Mais Laure a parfois pitié d'Éliane. Entre les cours qu'elle suit à l'université (linguistique, ancien français) et ceux qu'elle administre à des cancres, elle se ménage quelques heures pour musarder dans les galeries marchandes ou les boutiques de luxe. Elle cherche la merveille dans laquelle ouvrir la porte à Vincent. Une fois sur deux

elle accepte qu'Éliane l'accompagne dans sa quête. Elle ne boude pas toujours le plaisir d'avoir près d'elle une amoureuse à la mine béate. Les emplettes faites, elle l'invite à boire un thé à la maison. Mais pourquoi s'embarrasse-t-elle donc d'une si insignifiante petite bonne femme ?

J'ai exhumé d'un passé plus ou moins lointain Renaud, Éric, Christophe et Serge. Est venu le moment de me raconter. De raconter l'histoire d'un dieu.

Pourquoi les souvenirs que j'ai de mon enfance sont-ils si peu nombreux ? Est-il vrai d'ailleurs que j'en ai si peu ? Je me rappelle des instants, des sensations, des ciels, des saisons, mais c'est à peine si je me vois. Je suis une silhouette tournée vers une fenêtre, vers un jardin, vers une rue, vers ce que beaucoup considéreraient comme un ailleurs, ce en quoi ils auraient raison, je suppose. De mes parents, je me souviens mal aussi. Et le plus souvent comme un écran entre moi et cet ailleurs. Ils étaient souvent d'une grande banalité, des parents d'une insondable trivialité. Morts ils se sont réduits en moi à de ternes lueurs vacillantes, qui ne seront jamais brasier. Peut-être parce que leur disparition ne m'a pas cisaillé de souffrance. J'affirme cela, et je l'affirme avec calme, presque avec détachement. Ne serais-je qu'aveuglement, quant aux réels sentiments que j'ai nourris pour eux ? Non. Je m'insurge contre pareille hypothèse. Il n'y a pas scandale à mes yeux de n'avoir pas été pétri de douleur, d'avoir été si peu poreux à l'amour qu'ils m'ont porté, d'avoir été si peu fait pour répondre à leur amour. C'était comme ça. Je suis d'une autre race qu'eux, j'appartiens à un autre règne. L'ai-je déjà dit ? Oui, il me semble. Mais je m'en fous. Se répéter est parfois une bonne chose. Ne voyez dans ces affirmations ni arrogance, ni orgueil démesuré, ni détresse camouflée. N'y voyez rien. Les dieux et les bêtes ne perdent pas leur temps et leur énergie avec des sentiments de très banal alliage. Dieu, je le suis, et c'est une évidence, et animal, je le suis de même, et c'est une seconde évidence. Ne riez pas, bande de pantins, gens aux entrailles saturées d'aigreur et au cœur de bas usage. Ne riez pas ! Ou vous aurez ma fureur à votre porte. Et la fureur est d'essence divine.

Qu'ai-je été pendant mes premières années ? Je l'ignore. Mais j'ai encore à l'oreille ce que confiait ma mère à Éliane, sublime écouteuse. J'étais le couronnement de sa passion pour mon père. J'étais un cadeau. Mais de qui ou de quoi ? De la vie ? Du ciel ? De l'amour ? Je serais un meneur d'hommes, disait-elle de moi, ou je serais un artiste, ou un sage, proclamait-elle. Et c'est par ces certitudes qu'elle me perdait de vue. Elle était ma mère, elle pouvait se le permettre. Et lorsqu'elle revenait sur terre, elle était hébétée et souriante.

Jo, mon bébé, mon amour – des mots dont elle émaillait autant ses interrogations que ses envolées lyriques.

Mon bébé, mon amour. Qu'il est étrange parfois, se plaignait-elle à Éliane.

J'ai eu deux, trois, quatre ans. J'étais qui, quoi, à cette époque ?

J'ai eu cinq, six, sept ans. J'étais déjà ce que je suis aujourd'hui. Plein de colère et violemment silencieux. Déjà je n'appartenais à personne.

Je ne suis personne d'autre que moi.

J'ai eu huit, neuf ans.

Un gosse étrange, répète-t-elle.

C'est un gamin si gentil, disait ma mère. Gentil mais pas démonstratif. C'est mon fils, c'est Jo. Est-ce que tout enfant est une énigme ? Il est des jours où il me suit partout, mais à un mètre de distance. Il est peu prodigue en baisers. Il est des jours où il se terre en lui-même, farouche, avec ce regard qui signifie peut-être : Ne m'approche pas. C'est ça, un fils ? Est-ce que tous les fils sont comme ça ? Éliane, tu m'entends ? Elle me revoyait avec mes jouets éparpillés autour de moi, tels les fragments d'un univers que je m'acharnais, du moins c'est ce qu'elle assurait, à construire, jusqu'à ce qu'une rage s'empare de moi, alors je brisais mes jolis jouets, je brisais toutes mes possessions, je les cassais et les recassais, les réduisais à des débris non identifiables, des trucs sans forme, sans âme et sans passé, ensuite je suppliais pour qu'on m'emmène au square le plus proche pour les y enterrer. On me disait : Non. On n'enterre pas des jouets. Devant ce refus je donnais l'impression d'être sur le point de voler en éclats. On balayait ma chambre, on ramassait les traces du carnage, on me promettait d'autres jouets pour demain. On était bon avec moi.

J'ai eu dix ans, et je les ai fêtés au lit, avec une angine blanche. J'étais comme une pâte molle, couché en chien de fusil, repoussant la bouillie et les potions, vaseux, mais grognant inlassablement : J'veux un arc et des flèches, j'veux un sentier de la guerre. Petit fou, petit insatiable, mon petit loup, psalmodiait ma mère.

J'ai eu onze ans, j'ai eu douze ans.

Je fus un adolescent rondouillard, mais très souple.

Pour mes douze ans j'ai eu un chaton. Six mois plus tard il tombait de notre sixième étage. Pour avoir tenté de saisir un moucheron, un passereau – ou l'invisible ? Il est l'heure d'écrire sur l'animalité qui m'anime et sans laquelle je ne serais pas un dieu. On m'a foutu en tôle, parce que je suis un dieu et que je suis un fauve. Pas parce que j'ai tué. C'est une raison secondaire. Non négligeable, je vous l'accorde, mais secondaire.

Mon chat, on l'avait baptisé Orion. Mon père, sans doute, ou ma mère, mais pas moi, j'en suis certain. J'étais alors un gosse et les gosses dans notre famille, dans toutes les familles, ne sont pas autorisés à pourvoir d'un nom les bêtes et les gens. Il faut avoir engendré pour en obtenir le droit. Un adulte, c'est celui qui donne un nom à tout. C'est ainsi. C'est une loi qui n'est inscrite sur aucune table, mais c'est quand même une loi.

Orion, un félin de gouttière, le poil roux, une splendeur nerveuse, un prince sans particule. Comment décrire un animal avec des mots d'homme ? Mon amour. Ah ! que j'ai susurré ces deux mots jusqu'au vertige, jusqu'à me confondre avec ma litanie, jusqu'à être sans pensée et sans désir. Je les prononçais, ces mots, et puis, tout à coup, descendait en moi une paix inouïe. Maman (sachez qu'à partir de maintenant ce vocable ressemble à une vieille défroque mitée, sachez qu'il grince comme un essieu rouillé), maman condamnait les relations que j'entretenais avec Orion. J'étais dans l'excès, sifflait-elle. Tout en moi s'insurgeait : C'est qui, celle-là, pour oser m'emmerder autant ? Depuis qu'Orion était devenu mon compagnon, je m'ennuyais moins à vivre avec des gens, en l'occurrence mes parents. Face à Orion, Laure et Vincent Harfang se réduisaient à des ombres un peu encombrantes. Je n'eus jamais pour eux l'amour que je nourrissais pour Orion. Ma mère en eut-elle l'intuition ? Quoi qu'il en soit elle n'en laissa jamais rien filtrer. Elle persistait à m'adorer. C'est peu après l'arrivée d'Orion que j'ai décrété que personne désormais n'aurait la permission de me voir nu, hors lui, le chat, lui qui ne serait jamais une ombre. J'ai ainsi privé ma mère d'un rituel qui l'enchantait, me décrasser à grands jets. Elle ne s'était pas opposée à ma décision. J'étais un homme, maintenant, dit-elle simplement.

Je crois et le croirai toujours que mort, Orion ne l'a été qu'un très bref instant. Il avait choisi l'invisibilité. J'écris, et il est là, en moi. L'entendez-vous vivre en moi ? Le matin de sa chute nous sommes devenus un seul et même dieu.

Continue, me souffle Orion.
Et je continue.
Mes parents n'entretenaient aucune amitié. Ils vivaient en vase clos et s'en satisfaisaient. L'amour qui les charpentait n'aurait pu côtoyer un sentiment qu'ils estimaient d'essence médiocre. De leur amour, ils avaient fait une île-forteresse. Tout cela pour vous dire que j'évoluais dans un périmètre limité, circonscrit par l'appartement du moment, quelques rues et l'école où cinq jours par semaine je me rendais.

Continue.

Au lycée, je fus un élève sans aspérité. Je travaillais juste ce qu'il faut pour ne pas être réprimandé. Mes camarades d'école (je n'ai pas d'autre terme à proposer) se moquaient de mes rondeurs. La graisse qui matelassait mon ventre, mes hanches, mes cuisses ne m'empêchait pas d'être agile. S'ils me ceinturaient je leur échappais aussitôt. Ils admiraient ma souplesse. De plus mon poing frappait dur, si nécessaire. On le redoutait. Sous le lard, il y avait l'acier, ce qui n'est pas courant, vous en conviendrez. Aux récréations je m'enfermais dans les chiottes. Leur pestilence m'était un nid au creux duquel je me rêvais Jupiter, ou lynx, ou pieuvre, ou gerfaut. L'œil fixé sur demain je grandissais.

J'avais cependant l'embonpoint honteux. Pendant longtemps, chaque soir, dans mon lit, je pétrissais mes chairs. Je les pinçais aussi, je les claquais, j'y enfonçais mes doigts. Elles m'étaient souvent plus présentes que mes songes et que mes certitudes. Je ne connaissais alors que le sentiment de haine pour ces chairs-là, les miennes, surabondantes, molles, obsédantes. Ah ! que je les ai haïes ! et que c'était bon !

Continue.

Pour la cinquième fois mon père décida de déménager. Il en avait assez de ces derniers étages d'où il est facile de toucher les nuages, mais d'où l'on a la sensation de ne jamais pouvoir toucher terre de nouveau. Ras le bol donc du vertige. Il irait dialoguer avec le vent, les pluies et le soleil, mais trente mètres plus bas. Il saurait dénicher un havre de paix, nous jurait-il, une île de verdure en plein Paris. Pour cela il se mit à baguenauder les week-ends dans la capitale, certain de tomber tôt ou tard sur le trésor de pierre à retaper. Il alla d'ouest en est et du nord au sud, déterminé et comme pourvu d'ailes. Il découvrit enfin un dimanche la bicoque susceptible de se muer en palais. Lézardes et tuiles envolées. Pugnacité et huile de coude parviendraient à redonner vie à la villa. Il emprunterait, il se débrouillerait. Un lundi il signa la promesse de vente et un mois plus tard il avait acquis la masure champêtre et ses cent mètres carrés de broussailles d'où émergeaient torses et vigoureux un très vieux cerisier et un magnolia qui avaient déjà dû fleurir au siècle des fiacres.

Rue Léon-Frot, dans le XIe arrondissement.

Il y eut jadis ici des saules, un étang, des étendues d'herbe haute, des champs, seigle et sarrasin, des haies, aubépines et houx, des sentiers de chèvres et des sentiers tout court, des troupeaux, bœufs et moutons, des fermes, des gens, un monde. Les poulaillers appelaient le renard et le putois. Le loup parfois rôdait près des abreuvoirs, des niches et des portails.

L'été bronzait les frondaisons, dorait les eaux stagnantes, grillait les prés. L'automne saisissait dans sa nasse de pluie les arbres, les prairies, les joncs et les roseaux, les chemins, les toits et les murs. L'hiver abolissait sous une neige de légende les ramures et les graminées, les bâtiments et les carrefours. Le narcisse et la violette fleurissaient en nappes, en couronnes, en touffes les mois où l'arbre bourgeonne. Le printemps offrait au paysan, au manant et au voyageur la gamme entière de ses verts.

Le soir, le chevreuil et le cerf venaient se désaltérer à certains points d'eau. Le renard y plongeait son derrière pour noyer ses puces. À midi, selon la saison, régnait un silence mouillé ou brûlant.

C'était un endroit d'une sublime banalité, que fréquentaient la nuit, disait-on, les lavandières démoniaques et les lycanthropes.

On vit passer ici, et parfois s'installer, le baron et le serf, le bourgeois et le tonsuré, la putain et l'étranger.

Une ville s'étendait non loin de cet asile campagnard. Brusquement elle se mit à croître, à ramper, à coloniser. Elle fut à trois lieues, elle fut à trois pas, et puis elle fut là. Alors disparurent les prés et les haies, alors la cognée abattit la splendeur fatiguée des arbres. On combla l'étang et les mares et d'un chemin de terre on fit une rue.

Une auberge se dressait là où autrefois les berges du

lac se hérissaient de joncs. Et là encore un larron étrangla son compère. Un incendie devait rayer de la carte la gargote, sa vigne vierge, ses remises et son écurie. Un immeuble à deux étages s'éleva exactement à l'endroit où des ripailles avaient eu lieu. Mais dès que bâti il fut taudis. L'ouvrier y végéta d'abord, l'apache ensuite y tint ses quartiers, le clochard enfin y fit son antre et son tombeau. Par salubrité publique on ordonna que soit rasée la ruine. Surgit un jour du terrain vague une villa sans réel cachet que prolongeait un jardin. On y planta un magnolia et un cerisier. Un havre de paix, ainsi la désignait-on. Mais la nuit, quelques décennies plus tard, devait l'habiter de l'aube au crépuscule et du crépuscule à l'aube. Pour la deuxième fois en un siècle la planète était en guerre. Plusieurs années durant, les volets de la villa restèrent clos. Ceux qui les repoussèrent un mois de janvier 1946 n'étaient pas ceux d'avant l'ère de la peur, de l'exil obligé, des arrestations, de l'extermination programmée. Ses nouveaux propriétaires eurent des fils et des filles. Et ces fils et ces filles s'en allèrent les uns après les autres, traversèrent les océans ou s'établirent près d'emblavures ou à l'orée d'une forêt. On brada la maison pour fuir un présent désolant. En un peu moins de trente ans trois familles successivement vécurent dans la villa. La dernière l'abandonna gercée par les frimas. Son jardin n'était plus qu'une râpe jaunâtre. Mais le magnolia s'obstinait à fleurir et le cerisier à s'empourprer de fruits.

Mon père emprunta. Vingt-quatre semaines furent nécessaires pour que l'épave se métamorphose en radeau douillet. Façade bleu grisé, pièces du rez-de-chaussée (un living-room et un bureau) jaune safran tranché d'outremer (les plinthes, les corniches, les chambranles), cuisine laquée de blanc cassé. À l'étage, trois chambres (celle des parents, celle du fils et celle d'ami), une salle de bains (panneaux d'acajou et tomettes vert amande). Une échelle mène au grenier où l'on avance courbé, un grenier plus fait pour les gambades d'un enfant que pour les furetages des adultes.

Juin 1987. Mes parents et Éliane fêtèrent la métamorphose de la villa. J'avais treize ans.
Ils étaient entre eux, et moi, je les observais.
Pas d'invités. Juste l'habituel cénacle. Moi, je les épiais.
Les hauts murs ceinturant l'ouche (un unique arbre fruitier, et maman disait : Je vais au verger) les prédisposaient à une souveraine mais impalpable complicité. Ils fumèrent beaucoup (tabac de Virginie, cigarettes sans filtre) ; ils se gavèrent de têtes d'asperges, de foies de volaille, d'anchoïade, de saumon en fines lamelles, de tomates confites, de fromage de brebis, de confiture de rose et de confiture de rhubarbe ; à intervalles réguliers ils me criaient : Viens manger, je répondais que je n'avais pas faim, qu'il faisait trop chaud, que j'étais bien où j'étais ; ces affamés me dégoûtaient ; ils burent considérablement un vin blanc de Bourgogne, plus blond que blanc d'ailleurs, ils burent tant qu'ils oublièrent, me semble-t-il, que je ne me tenais pas très loin d'eux, de même qu'ils réussirent sans doute à être sourds au monde extérieur et à sa rumeur ; ils étaient rigolards ; ils causaient et jacassaient, ils alignaient platitudes, fariboles et superstitions. Soudain, le trio renonça aux médisances et aux anecdotes ; quelques phrases, quelques mots crépitèrent encore en ce début d'été, et puis Éliane largua les amarres – elle s'endormit. Laure et Vincent Harfang alors se rappro-

chèrent l'un de l'autre et se prirent la main. Ils s'étaient soudain changés en des ombres maléfiques.

Que fus-je pour eux en l'instant de ce très charnel rapprochement ? Un feu follet ? Un animal de vif-argent ? Une chose grasse comme une loutre ? Une chose, oui, une chose, ni plus ni moins, une chose, l'objet de toute leur indulgence, mais une chose. Je les observais, je les épiais, je les haïssais. Le silence autour d'eux s'élargissait, dessinait comme un rempart entre eux et moi. Ils étaient absents à tout, sauf à eux-mêmes. Ils se prenaient pour qui, ces gens qui avaient eu l'outrecuidance de profaner avec un lampion de merde mon magnolia, l'arbre pour moi sacré ? Leur arrogance sera châtiée, me disais-je. Le magnolia était mon fief et ma tour. J'y grimpais souvent, quand les adultes dormaient. Je grimpais jusqu'à sa plus haute branche. De là, je contemplais le ciel et des toits. J'étais alors une divinité solitaire, assagie et heureuse.

Je les épiais, je l'ai déjà noté.

Il y avait ma tante, vautrée sur un transat, un peu à l'écart de mes parents, bouche ouverte et jambes légèrement écartées. Elle roupillait, la bienheureuse. Me démangeait l'envie de la secouer, de l'insulter. Mais elle ne méritait pas tant d'attention. Je n'avais en vérité d'yeux que pour mes parents. Faucon, j'apercevais mon père et ma mère entrelacer leurs doigts. Je détestais leur éclatante placidité, et cet amour qui n'appartenait qu'à eux, qui leur donnait une raison d'être et une présence. Je fus soudain pénétré de colère. Elle monta rapidement d'un cran. Elle se fit fureur. Aveugle et exclusive. Je ne lui opposai aucune résistance. Elle agissait en maître sur moi. Elle me possédait si bien que j'en avais la cervelle vide. Elle venait de très loin. Archaïque et fidèle. Un trésor. Elle avait été en moi avant tout autre sentiment.

J'étais fureur entièrement. Ah ! ma belle, mon irremplaçable fureur. Je ne l'avais encore jamais dirigée contre un être humain. Quand m'ordonnerait-elle de faire d'une nuit calme une nuit d'incendie et de massacre ?

Jo.

C'était la voix de l'amoureuse, de ma mère, qui entrait en lutte avec ma fureur.

Jo. Il est l'heure.

J'avais treize ans et on me donnait des ordres.

Je ne bronchais pas, assis en tailleur entre les rosiers et les lavandes. Ma fureur était prête à bondir ou à se disloquer, je ne sais.

Une voix me disait : Il n'y aura pas d'incendie ni de massacre.

Il est l'heure, Jo.

Maman était près de moi, elle me caressait les cheveux. Nous étions souffle contre souffle. Elle me tapota la joue. Je ne bougeais pas mais tout en moi reculait devant une si rampante tendresse.

Il est tard, non ? Tu es pâle, mon chéri.

Elle glissa son bras sous le mien. Elle titubait. J'étais son guide. Étrange impression que celle d'être à la fois un fils et un homme.

Éliane ne se réveilla pas à notre passage. Elle suait jusque dans son sommeil.

Je dus me pencher vers mon père, l'embrasser, lui sourire. Il était beau. Fatalité mortifiante. Lui briser l'échine, à cet homme.

Bonne nuit, mon petit.

Sa douceur, sa bonté, sa beauté. N'étais-je que son terne reflet ? Je me le demandais. Des questions qui ranimaient ma saine fureur.

En fureur et pleutre.

Bonsoir, papa.
Maman s'était étendue de nouveau sur son transat.
Va, mon bébé.
Et j'obéis.
Moi, j'ai obéi.

J'appuyai sur l'interrupteur. La lumière fut là, fidèle et soyeuse. Elle révéla le vestibule et ses murs habillés de tableaux (des marines et des sous-bois, essentiellement, baignant dans une brume idyllique) et des photos encadrées (portraits d'inconnus datant d'un autrefois indécis, et, rompant la monotonie de ces visages, un cliché qui représentait quatre chevaux noirs). D'habitude je n'accordais aucune attention à cette exposition permanente. Mais ce soir-là, j'eus le regard vissé à ces quatre chevaux cabrés. Les monter tour à tour, être le cavalier qui propage le feu, parcourir l'univers au rythme d'un galop effréné, voilà les souhaits que j'exprimais. Exit, mon père très beau, ma mère pompette, ma tante avachie, le jardin de si piètre étendue.

Je volai la photo, je l'emportai à l'étage. Je lui fabriquerais un autel, je m'en imprégnerais, je la vénérerais.

Je préparai mon bain. La photo trônait sur la tablette au-dessus du lavabo. Quatre chevaux verraient ma nudité. Je versai des sels à l'essence de tilleul dans la baignoire qui se remplissait joyeusement. Ils firent un bruit de grêle lointaine. Le son de cette mitraille me plaisait. J'imaginais des feuillages hachés menu, des promeneurs blanchis et meurtris par l'averse tranchante et des chevaux noirs, très maigres, quatre apparitions. De mon bras, comme d'une rame, je fendis l'eau qui embaumait la tisane. Puis j'ôtai mon T-shirt, mon short, mes sandales. J'étais nu. Sudation abondante. Sensation de solitude extrême et revigorante. Mais je croisai mon reflet dans la psyché enguirlandée de roses et d'anges en bois doré. Au milieu de tout ce baroque saint-sulpicien, un corps, le mien, celui d'un gamin bien en chair, avec ce truc qui pendouillait entre les cuisses, ridicule, affolant, obsédant. Dans mon lit, de plus en plus souvent, je le palpais, sans savoir que mon geste avait pour nom caresse, sans savoir ce que signifiait posséder et être possédé. La vérité que proférait mon image dans le miroir – je suis moche – me ramenait à hier, à avant-hier, à mes camarades d'école qui parfois me jetaient à la face des mots sales, vieux comme Hérode, inusables. Je ne rétorquais jamais, je ne pleurais jamais. Je n'étais que rage rentrée et désespoir. Je me vengerais, c'est ce que je me disais et me redisais et me disais encore et encore.

Me venger. Et de tous.

J'entrai dans mon bain. L'eau clapota autour de moi et contre moi. Gangue voluptueuse. Me savonner, me récurer. Ce que je fis consciencieusement, tout en distinguant les contours de mon corps déformés par les ondoiements. Des courbes flasques. J'étais tenté d'arracher, bec et ongles, chacun de mes coussinets de graisse. Est-ce qu'un dieu retourne sa fureur contre lui-même ? Est-ce qu'un dieu se suicide ?

Je suis un dieu, mais un dieu est fait de quoi ?

Au bout d'une heure je me hissai hors de la baignoire. Je m'ébrouai. J'en rajoutai dans les sautillements. Je frissonnai. Je haletai. Je m'essuyai. Je me drapai d'un drap-éponge comme d'une toge. J'avais hâte de me livrer à mes jeux solitaires. Je serais momie, fille raptée, violeur. Je râlerais des obscénités. J'aurais assez d'imagination pour transformer mon polochon en brute exigeante. Ça se frotterait contre moi, ça ne me caresserait pas.

Je dormis trois heures. Cent quatre-vingts minutes infestées par un unique cauchemar. Un rebord de fenêtre en était le décor, ma mère et Orion, les personnages. Femme et chat se toisaient. Et brusquement la femme poussait le chat dans le vide.

J'ouvris les yeux. J'étais en nage.

Ma mère avait tué Orion.

Un cauchemar m'avait révélé l'atroce vérité.

Maman – mot qui serait désormais proscrit de mon vocabulaire.

L'effroi grandit, devint carcan et muselière. Je sautai à bas de mon lit. Debout au centre de ma chambre je me croyais réduit à la taille d'un nain. La nuit, elle, se mouvait comme une grande carcasse. Agressif et jupitérien, le silence qui y campait ajoutait à sa puissance. Je m'acclimatai peu à peu aux ténèbres. Dans le noir, je me fis chat. Le nabot n'était plus. Je quittai ma chambre. De la fenêtre au bout du couloir, je plongeai mon regard dans le jardin. Ils étaient toujours étendus sur leurs chaises longues. Laure Harfang semblait avoir succombé à une sereine somnolence. Laure Harfang avait tué. Et elle ne connaissait pas le remords ni la honte. Laure Harfang avait enfanté un fils. Elle méconnaissait son fils. Avoir une torche, avoir une hache. Que les flammes jaillissent, que la lame pourfende, que l'enfer soit. Mais je n'avais ni brandon ni cognée. Ma fureur alors entra de nouveau en fusion. Elle réclamait de ma part une violence active. Supprimer Laure Harfang, son époux et Éliane ? Non, il ne fallait pas y songer, ce me serait impossible. Je ne me sentais pas assez mûr pour pareil acte. Je tremblerais de tous mes membres. Je n'étais ce soir-là qu'un meurtrier à l'état d'ébauche. Leur donner un avertissement en saccageant la chambre conjugale ? Oui, ça, je pouvais le faire. Je me précipitai aussitôt dans la pièce à l'atmosphère pourrie de secrets. Entre les meubles je dansai ma fureur, tapageuse et rayonnante. Et nouée à la fureur, une robuste et saine joie. Je bousculai un siège, puis l'envoyai valdinguer, je heurtai une des deux tables de chevet, puis la projetai contre l'armoire dont la porte, sous le choc, s'ouvrit. Vêtements sur des cintres, piles de linge, paires de chaussures tout en bas. Je lançai contre les murs une lampe, un cendrier, un livre, tout ce qui me tombait sous la main, tout ce qui appartenait à Laure Harfang et à mon père. Je criais. Et mes cris résonnaient plus fort que le bruit des objets qui se fracassaient.

Ils étaient dans la chambre. Les trois. Tous, le regard fou, la bouche béante comme celle d'un masque et la silhouette frangée d'ombres.
Éliane dit : C'est pas vrai !
Qu'est-ce qui n'était pas vrai ?
Ils m'enserraient, ils m'étouffaient, je me débattais, ils bégayaient : Qu'est-ce qu'il y a ? Mon chéri. Jo. Nous sommes là. Parle-nous.
Nous sommes là.
Qui parlait ?
Dire quoi ?
Comment dire la fureur, la haine, le silence, la nuit, le dehors, le dedans, les chambres, la vengeance ? Comment dire un cauchemar ? Comment dire ce que l'on sait ?
Une si extraordinaire violence de la part de leur prince ! Ils en bafouillaient.
Ils parvinrent à me maîtriser. On m'avait giflé.
Qui m'avait frappé ?
Parle-nous.

Jo.
Qu'est-ce qui s'est passé ?
Des mots et des mots.
Ma fureur se délitait. Je vibrais d'une poignante fatigue. Qu'ils se débrouillent avec mon mutisme ! Et pareil à eux je fus bouche béante et regard fou. Puis je tombai à leurs pieds. Leurs visages, leurs mouvements, leurs voix, tout s'enduisait de suie. Je m'évanouissais.

Un gant de toilette en compresse sur mon front, quelques tapes sur les joues, et je repris mes esprits. La nuit s'acheva par des baisers intempestifs, des larmes en ruisseaux, l'assoupissement définitif de ma rage et un sommeil de plomb. Le souvenir de cette nuit devait longtemps se tenir coi au plus reculé de mon être. Il hibernait. Mais il devait ressurgir plus tard. Un ange façonné de ténèbres et déguisé en souvenir. J'ai long-temps attendu son réveil. Je me félicite aujourd'hui d'avoir su rester patient. Car un jour mon bel ange m'a enlacé et j'ai pu prouver aux incrédules que j'étais bien né pour réduire en cendres le monde.

Ils me harcelaient avec des « Pourquoi as-tu fait ça ? » ou des « Qu'est-ce qui t'a pris ? ». Sur mes traits ne se lisait aucune émotion. C'était toujours la manière que j'avais de leur répondre. Comme mon flegme les exaspé-rait ils me menacèrent de me conduire chez un théra-peute. La menace, cent fois proférée, ne fut jamais mise à exécution. Peut-être que dans la tête de mon père tout représentant de la profession médicale ne pouvait qu'être suspect de dissimuler un incurable dérangement mental, comme jadis il en avait été avec Serge Harfang. En moins de deux semaines ma sempiternelle gueule de marbre les découragea de persévérer dans l'inquisition et les intimidations. Mais ils se vouèrent à étudier le moindre de mes comportements, même le plus orthodoxe. Peu de fils ont été comme je le fus sujets à une telle observation de la part de leurs parents. J'étais pour eux une inquiétante énigme. Que leur attention m'a pesé ! De m'étudier, ils se lassèrent aussi. C'étaient des gens peu doués pour la pugnacité. C'étaient mes parents.

La conséquence la plus tangible de cette fameuse nuit fut l'ennui qui s'emparait de moi, aussitôt que je franchissais le portail du lycée. Même les cours d'histoire ne réussissaient plus à ensemencer mon imaginaire. Ils ne se muaient pas en légendes. Tandis que je faisais semblant d'écouter le professeur, mon esprit vagabondait en d'autres temps et en d'autres lieux. Je frayais avec les Croisés, l'empereur d'Allemagne et le roi de France, les manants arpentant les royaumes d'Europe et les moines investis par un dieu quelconque d'une mission purificatrice. Parmi eux j'étais en sécurité. Je me gargarisais du récit d'intrigues scandées par des coups de stylet et le port de gants empoisonnés. Je m'enivrais de la certitude que je serais bientôt l'homme qui joue de la dague et saupoudre d'une substance vireuse un bouillon. Je me voyais aussi fouler une neige où des loups ripaillaient – dépouilles de chevaliers ou de serfs. J'étais neige, vent et loup.

Chaque soir, sur un cahier, j'inscrivais la définition des mots qui fertilisaient et embrasaient mes rêveries. Croc. Déglutition. Tentacule. Éperon. Serre. Razzia. Puis j'endossais un autre habit. J'avais été copiste, j'étais maintenant héraut. Je récitais tous ces mots éblouissants à voix haute. Les dictionnaires, bénis soient-ils, me pourvoyaient en psaumes. Enfin je cavalais de par les rues, sur un cheval noir renversant et piétinant hommes et choses. Je me forgeais un destin. J'étais presque heureux. Et une année passa, puis une autre.

Les critiques désobligeantes sur ma personne qui rougissaient régulièrement mon carnet scolaire affligeaient mon père et ma mère. Quel démon intérieur m'avait conseillé de me convertir à la paresse ? Qu'est-ce qui corrompait mon cerveau et cœur ? Ils me tancèrent. Ils me supplièrent de me reprendre en main, et vite. Est-ce que j'entendais ce qu'ils me disaient ? Oui, je les comprenais. Plus même : j'acquiesçais à leurs discours. Je ferais un effort. Je le leur promettais. Pourquoi cette promesse ? Pourquoi envisager un retour à une existence studieuse ? Mais c'est que j'étais sur le point de leur demander la permission de suivre des cours d'équitation.

Dès que mon carnet de notes fut de nouveau honorable, j'adressai ma requête à mes chers parents. Je voulais monter à cheval ? C'était quoi, cette nouvelle lubie ? On haussa les épaules. On m'humilia en me lançant que je serais terrorisé une fois à plus d'un mètre du sol, même si le canasson était du genre placide. Je protestai, j'argumentai, je versai même des larmes. Je dis que je voulais devenir un cavalier émérite, je dis que je voulais un cheval rien qu'à moi, je dis que j'aimais les animaux, je dis que je n'étais pas ce qu'ils croyaient, que je n'étais pas un poltron. Mais, bien évidemment, je ne leur dis pas que je voulais être centaure et fléau divin. Ils ne cédèrent pas. Il y eut plusieurs affrontements. Mais un jour, sans doute fatigué par mes récriminations, papa rendit les armes. Il accéderait à mon désir, il le jurait. Et va dans ta chambre, maintenant.

Il tint parole.

Le centre équestre où papa m'inscrivit se situait dans la vallée de Chevreuse. Comme il en serait toujours, c'est lui qui m'y conduisit. Qu'il ait accepté de me voir juché sur six ou sept cents kilos d'émotivité animale m'avait tout de même soufflé. Un miracle avait eu lieu. Et j'en avais été le bénéficiaire. La première fois qu'il m'emmena au centre, nous n'échangeâmes pratiquement pas un mot durant le trajet. Notre silence n'était pourtant pas un de ceux qui engendrent l'embarras. Il nous souda une heure durant l'un à l'autre. Cela a été, oui. Mais ce paisible silence s'altéra au moment où la voiture s'engagea dans l'allée au bout de laquelle se profilaient une maison de maître et des écuries. J'avais peur. Comment me comporterais-je, une fois hissé sur un cheval ? J'eus envie de dire : On arrête là, retournons à la maison. Mais je me tus. J'avais peur et je me voulais courageux.

Planté devant le propriétaire du centre, papa, homme de près de la quarantaine, la sveltesse matelassée d'un pardessus de tweed, intimidé et le prouvant par une aisance forcée, celle des timides, interpréta à la perfection le père qu'il n'avait jamais eu, un homme fier de son rejeton et le clamant. J'avais été, disait-il, un gamin aspirant depuis son plus jeune âge à monter le pur-sang de ses rêves. Je l'écoutais.

On nous fit visiter le Paradis des chevaux. Dix-huit merveilles au poil lustré. Des Orlov, des Arabes, des Andalous, un Toscan. On me présenta Caliban, un Orlov. Sur-le-champ, ma peur disparut. Ou se fit insignifiante – ou mutique. On me prêta la bombe et les bottes réglementaires.

Le ciel était d'opale. Des nuages y frisottaient.

À l'entrée du manège, un homme, Di Giorgione, mon

professeur, cheveux noués en catogan, chemise à manches courtes, culotte bouffant à l'enfourchure, botté nécessairement. Tout en lui était très étudié – la sévérité du regard, l'air de mener son monde à la baguette, des manières comme plaquées sur une rusticité native. Un métayer recyclé en personnage de Cour, en somme.

Bonjour. Jo Harfang.

Di Giorgione.

Nos noms, comme un échange de timides soufflets.

Mon père alla s'accouder à la clôture.

Pour lui je ne fis pas ce jour-là piètre figure en comparaison des Harfang du temps jadis, de cette théorie de gaillards et de patriarches, tous ayant eu au moins un pied en enfer. Mais quel enfer ?

Di Giorgione me montra comment enfourcher Caliban. Étrier, main sur le pommeau, un bel élan intelligemment pensé, et hop ! Je dus m'y reprendre à plusieurs fois. Peu doué, c'est clair, et pataud, mais de la race des vainqueurs. Je le sus dès que là-haut, le cul enfin calé sur la selle. À chacune de mes tentatives Caliban avait dansé sur place. Une oscillation de bateau. Le mal de mer en pleine campagne française. Et je fus enfin là où je devais être, et plutôt à mon aise. Je dominais le manège, Di Giorgione et mon père. Di Giorgione m'enseigna le maniement des rênes. J'exécutai ses ordres, tandis qu'une masse de chair et de muscles roulait sous moi. Je naviguais. Avec la sensation que je me déplaçais depuis toujours entre ciel et terre, épousant le rythme solennel et onduleux d'un cheval. Un Orlov. C'était bien ça ? Un Orlov ? Né quand ? Venu d'où ? Je rédigeai mentalement la biographie de mon compagnon. Il avait eu pour berceau la steppe. Né un été à l'odeur de brûlis et de poussière à la revigorante âcreté. Du jaune et du gris. Mon Orlov, alors un poulain poursuivi, harcelé, enfin capturé entre la Sibérie et la France. Des cavaliers et des chevaux, mais pas de villes, ou des bourgades (on y tannait le cuir, on y boucanait la viande) ; une plaine plus qu'immense, s'étirant du nord au sud, une coulée de rivières, de bois, de cultures, tantôt four, tantôt glacière, une étendue sans frontières, hantée de peuplades sans toit ni loi, des hordes animales en perpétuelle migration, un flot, une crue. Et mon Orlov, mon cher Caliban, vendu à une croisée des chemins, et pour combien d'écus, et pour combien de francs ? Mon bel Orlov, qui aujourd'hui allait au pas et demain me porterait jusqu'aux déserts.

Je connus soudain quelque chose d'inespéré – un sentiment de paix, comme au temps où j'étreignais Orion, chat que tous tant que vous êtes rencontrerez un jour, car il sera votre charron. J'eus envie de lâcher les rênes, de toucher en aveugle la gouttière jugulaire et les ganaches, puis que tous deux, mon cheval et moi, nous nous éloignions d'ici, sans nous hâter, deux nonchalants magnifiques. Mais on n'était pas là pour un perpétuel tangage, pour l'extase et la flânerie. Il y eut le trot et il y eut le galop. Je devins vent. Et ce fut fini. La première leçon s'était achevée. Bien que j'eusse les fesses talées et des courbatures aux bras, c'était pour moi un arrachement de devoir quitter l'exaltante hauteur. Lorsque je touchai le sol, le sable me parut une plage triste. Un médiocre vertige m'obligea à me presser contre Caliban. Je le flattais à l'encolure. Ma beauté, mon prince.

Il sera un véritable cavalier, dit Di Giorgione à mon père.

Impossible de me remémorer la réponse de papa.

Ce fut le soir de cette leçon inaugurale que Vincent Harfang, le combien de notre nom, décida de me transmettre les histoires vermoulues ou inspirées, mais toutes friables, mais toutes fluides, attachées à nos ancêtres.

Vincent Harfang était mon père.

Nous étions issus du même tronc.

Notre arbre généalogique embaumait l'épopée.

Épopée où galopaient sans cesse des chevaux.

Dans notre famille, ce sont des cavales.

L'invérifiable donna chair à certains des nôtres.

Renaud. Éric. Christophe. Serge.

Papa revenait sans cesse à quatre chevaux d'ébène, ceux réunis sur la photo, ceux qui avaient appartenu à son père et en avaient précipité la ruine. Écoute-moi encore, écoute-moi toujours, me disait papa. C'étaient quatre coursiers étiques, quatre bêtes de l'Apocalypse.

Serge Harfang, précisa-t-il, était un homme ivre de solitude.

Et j'ai dû me contenter de lui comme père.

Où sont les chevaux ? je lui demandais.

On ne sait pas, Jo, on ne sait pas.

Et puis : Faut se coucher, il est plus de minuit.

À partir de ces vies d'hommes que mon père avait à mon intention exhumées, je me mis à n'en forger qu'une : la mienne, ou plutôt celle que serait la mienne, et que je voyais fantasque, sombre, exempte de contraintes, une vie vieille comme le monde, de l'éternité en marche. Et telle Éliane, quelques années auparavant, j'interrogeais les mânes de mes aïeux, le silence et le temps qui passe : Où sont les chevaux ?

Mais où étaient les chevaux ?

Après cette veillée impromptue, du moins qui m'avait paru telle, mon père commença à évoquer aux repas certains arpents de ronces et de genêts, des vrilles et des sarments, des tiges munies de crochets et de ventouses, dégradant les murs d'une ancienne bergerie. Cette brande et cette bâtisse appartenaient aux Harfang. Il fallait vendre cet inculte domaine, concluait-il toujours. Son père s'y était tranché les veines. Vendre est parfois un acte salvateur, affirmait-il. Il disait que son passé s'apparentait à une chambre froide ou à une fosse, au choix. Et il l'exécrait, ce passé. C'était flagrant. Nous vendrons ce bout de lande, et mon passé avec, c'est décidé. Lui et Laure iraient à Roanne en juillet, dans un peu plus d'un mois. Sans toi, mon fils. On te confiera aux bons soins d'Éliane. C'est entre adultes que l'on doit régler cette vente. Je me dis que c'était une bonne idée, car au fond de moi j'aspirais depuis longtemps à être seul dans la villa.

C'est donc en juillet qu'ils entreprirent leur voyage.
On tirera bien quelque chose de ce cul du monde, augurait papa. Pas beaucoup, c'est sûr, mais tout de même un peu. Ça vaut rien les ronces et les ruines.
Je pensais : Avec l'argent ils m'achèteront un cheval.

Voici ce qu'il advint d'eux.

Lorsque la voiture fit une embardée, Laure Harfang détourna le regard du ravin à sa droite pour le poser sur son époux. Vincent avait lâché le volant, puis fermé les yeux. On devinait en lui le surgissement d'une violente douleur. Elle le fixa tout d'abord avec incrédulité, ensuite avec un effroi absolu et sans pitié qui détruisit en une seconde la joie de voyager avec l'homme dont elle était encore éperdument amoureuse, quinze ans après leur mariage. Elle s'efforça de redresser le volant, mais sa main ripa. On venait de la projeter contre Vincent, mais qui ? Pour la première fois de sa vie elle voulut s'arracher à ce corps d'homme soudain pareil à un piège, mais un poing invisible l'y maintint soudée. Elle se mit à hurler, tout en regardant dans le lointain se fondre en un unique vert des mélèzes et des frênes. La voiture broya un haut buisson de genêt, puis bascula dans le vide. Laure eut brusquement l'impression que plus rien ne résistait à son visage. Elle ne criait plus, elle était occupée à faire voler l'univers en éclats. Elle connaissait l'envol et ne connaîtrait plus l'incrédulité ni l'effroi, ni même l'amour. Oiseau lacéré par mille pointes de feu elle souffrit affreusement quelques secondes durant, juste avant de couler à pic, de se muer en pierre, et la pierre troua les feuillages, dingua d'une branche à l'autre, s'immobilisa, saigna et sombra enfin dans une nuit définitive.

Il est des cohabitations qui se révèlent être fatales. Celle d'Éliane et moi le fut.

Il faisait chaud. C'était l'été.
Éliane poussa la porte, entra dans une pièce qui jadis avait été une chambre de bonne, s'immobilisa. Elle était venue à ma rencontre. Elle avait la tête de ceux qui se disent : C'est là, en moi, c'est arrivé, ça s'installe en moi, cela va durer toute ma vie. Elle vivait, c'était visible, un grand tourment, ce qui me sera toujours étranger, et je m'en réjouis. J'avais quinze ans. Je n'étais pas loin d'être un jeune homme. Ou plutôt j'étais entre deux âges. Mais au moment où elle était entrée, je ressemblais plus à un gosse qu'à un adolescent, j'étais quelqu'un ou quelque chose, une créature accroupie, maniant des ciseaux, découpant des chevaux dans de larges feuilles de papier à dessin d'un bleu si nocturne qu'il en paraissait noir.

J'avais dans l'idée un opéra peuplé de cavales, un théâtre d'ombres chinoises. Elle s'était introduite chez moi, sur mon aire, Éliane outrepassait ses droits. Et pour elle, qu'étais-je exactement ? Un jeune garçon très enfantin, devait-elle se dire, si elle en jugeait par ce à quoi j'étais occupé. On a toujours raconté n'importe quoi sur ma personne. J'étais moi, c'est tout. Multiple et sauvage. Du feu. Et elle, drapée dans un peignoir, elle se dandinait devant mes découpages, les joues rouges, avec une grimace qui ne serait jamais un sourire. Elle n'était pas à son aise, à coup sûr, elle se torturait pour savoir comment annoncer à un gamin ce qui est survenu. Comment lui dire la mort ? Elle était indécise, ça se voyait, et pas très courageuse, et en transe. Elle résolut ses hésitations par une déclaration brutale. Elle déposa son fardeau d'un coup entre nous. Elle déballa l'accident, le ravin, mon père enchevêtré à de la tôle froissée, ma mère dans un arbre, comme pendue par les pieds à un gibet. Mes parents avaient spectaculairement réussi leur sortie. J'étais orphelin, sans évaluer encore tout ce que ce terme contenait vraiment. Elle avait dit ce qu'il y avait à dire. Elle avait été plutôt bonne dans son rôle de messagère. Ils n'étaient plus. Un frère et une sœur, un père et une mère, des amants. Tandis que ma tante les évoquait, je me harnachais d'un stupéfiant détachement. Insensible, et peut-être meurtri au tréfonds de moi. Je crois que je ne me suis jamais aventuré dans ces profondeurs. Ils sont morts, mon chéri, ils sont morts, sanglota-t-elle. Elle voulut me prendre dans ses bras, ce qui me fit dans l'instant adopter un ton sec pour briser ses effusions : Laisse-moi ! Fous le camp ! Elle battit en retraite. Elle était brusquement toute colère. Nous avons à nous parler, Jo. Elle m'attendrait en bas, dans une heure. Elle eut en me quittant l'expression d'une personne profondément choquée par quelque chose d'inadmissible.

Je ne la rejoignis ni à la cuisine ni au salon. Je me repliai dans ma chambre. Et c'est elle qui dut faire l'effort de m'y retrouver.

Sur le pas de la porte elle me dévisagea un long moment.

Mes traits lui rappelaient ceux de ma mère, me dit-elle.

Je haussai les épaules. Ce n'est qu'aujourd'hui que je comprends que la ressemblance que j'avais avec Laure Harfang était pour elle du domaine de l'intolérable, ma mère étant unique à ses yeux. Laure ne devait survivre que dans sa propre mémoire, et non à travers les expressions et les gestes de son fils. En conclusion j'étais de trop.

Elle se laissa aller contre le chambranle, puis croisa les bras. Elle avait troqué son peignoir contre une robe de toile grège.

Je vais vendre ma voiture.

Craignait-elle que son corps un jour ou l'autre soit, comme celui de son frère, prisonnier de ferrailles ? Refusait-elle de mourir pour se vouer désormais au souvenir d'une morte ?

Je vais vendre mon appartement de la rue Feydeau.

Pour faire de la villa un temple ?

Elle avança vers moi, vive, l'humeur batailleuse. Sur le sol, mes chevaux, les chevaux découpés dans le papier bleu de nuit, des dépouilles à la prunelle d'or parmi lesquelles il n'était pas aisé de se déplacer. Elle sut les éviter. En trois bonds elle était à mon chevet. Je reposais sur mon lit, en slip, au creux d'un fouillis de draps. Je l'entendais se dire : Je te briserai, Jo Harfang, je te briserai. Vous comprenez, c'était comme si je me tenais aux aguets, en elle.

Elle toucha mon front, mes joues, mon cou.

Pourquoi enfanter ? Pourquoi avoir une descendance ? murmura-t-elle.

Chacun de ses mots claquait comme un linge mouillé. Ils faisaient mal, ça, je vous l'assure. Je jouai alors au gisant. J'eus la certitude, quand elle en fut à me tâter, que la tuer serait inéluctable. Ni l'un ni l'autre n'accepterions de partager ce royaume et ce sanctuaire qu'était la villa. Elle tenait à régner seule ici-bas, mais, la folle, elle ne mesurait pas qui j'étais, moi, Jo Harfang.

Du pied elle sema soudain la panique parmi mes chevaux. Ils se mélangèrent.

Prolifération, marmonna-t-elle.

Je la giflai du regard. La guerre entre nous avait été déclarée. Elle se retint, je le sentis, pour ne pas piétiner flancs, crinières et pupilles d'or. Il y eut un silence, comme celui d'après un incendie ou un naufrage. Qu'elle abrégea pour m'expliquer ce que serait demain pour nous deux. Nous aurions à nous lever tôt, nous nous rendrions à Roanne où nous séjournerions plusieurs jours, nous assisterions aux obsèques. Je ne cillai pas à l'énumération de nos activités programmées.

Tu es sourd ?

Elle devait s'interroger : Est-ce que je comprenais ce qu'était mourir ? ce qu'était un mort ? ce qu'était souffrir ? Et si je souffrais, souffrais-je plus qu'elle ? Cela se pouvait-il ? Est-ce que souffrir me serait mortel ?

Je déclarai que je n'irais pas à Roanne, que j'étais bien ici, que j'avais à faire, et je montrai de la main mes chevaux couchés sur le plancher. Je jappai que je n'irais pas.

Assez !

Je n'irai pas.

Et je lui fis le reproche d'avoir froissé un de mes chevaux.

J'ai dit : Tu l'as éborgné, et j'ai dit : Garce. Faudra tout refaire.

À ma surprise elle ne me frappa pas. Pardonne-moi, et elle rougit, de fureur, du moins je crois.

Je ne me trompais pas. Je ne me trompe jamais dans mes jugements, d'ailleurs.

Elle était donc née pour la fureur, elle aussi, elle était donc vraiment de mon sang.

Et je sus qu'elle me haïssait définitivement pour l'avoir obligée, par quelque maléfice, à supplier, à s'abaisser.

Je n'ai pas pardonné, j'ai répété : Je n'irai pas.

C'est alors qu'elle eut une phrase conventionnelle et bêtasse : Tu es libre, mon chéri.

Je vécus huit jours seul.

Le premier, je le passai couché, excepté quand, posté à la fenêtre de ma chambre, j'observai Éliane attendant son taxi. Je lui fis un signe d'adieu ou d'au revoir, quelle importance, bon vent et va au diable. M'intriguait son drôle de galurin. Il remua en moi le souvenir de quelque chose de triste, d'enveloppant, quelque chose d'avant Orion, d'avant mon cauchemar. Le taxi arriva, la rue résonna d'une absence et j'eus la gorge nouée. Je me fourrai au lit et le confus renvoi au passé s'estompa. Je ne comptai plus les heures – toutes de la même eau, toutes d'un rythme égal, toutes concourant à créer une atmosphère d'irréalité. J'étais sans pensée, sans rêve, sans chagrin, comme sans chair et sans cœur, mais lourd de cet abîme dont j'étais pétri et qui me clouait à mes draps. Je me défaisais, je me délitais, je devenais poussière. La raison, de même que les sentiments, appartenait aux autres, et ces autres, les disparus comme les vivants, allaient être bientôt aspirés par une trappe. Je m'endormis enfin. Je dormis longtemps.

Ma deuxième journée en solitude fut de goinfrerie. Bouffer et dégueuler. Je n'eus pas de troisième occupation. Je ne me douchai pas, au soir je puais la bile et la sueur, et je me sentais bien ainsi. Je m'enivrais de l'odeur de suri, de cave et de peau tiédasse que je dégageais. Je n'étais plus le fervent de l'étrillage. Je m'acclimatais à mes remugles. Parfois une honte saumâtre me prenait de court. Elle bousculait le bonheur que j'avais à mijoter dans des effluves de bauge. Mon père et ma mère étaient morts. J'en avais du chagrin. Mais ce chagrin échoua à m'envahir vraiment. C'est que le chagrin est un animal délicat. Il rebrousse chemin devant le fumet que dégagent des aisselles passablement crasseuses.

Le quatrième jour j'eus besoin de me dégourdir. J'errai dans la villa. Plus jamais, me disais-je, mon père et ma mère ne l'habiteront. Et je sanglotais. Brièvement. Car j'étais soudain poreux à une joie trouble et souveraine. J'étais libre, réellement libre, orgueilleusement libre, sans attache et sans remords. Ma fureur n'aurait plus à se heurter contre la réprobation, l'incompréhension et la compassion de mes parents. Je me mis nu pour saluer ma liberté. Et ma nudité, décidai-je, serait éclatante et parfumée. Je fis couler un bain. La crasse n'avait été qu'un habit passager. Les dieux n'empestent pas. Propre comme un sou neuf je m'abandonnai à une suave fatigue. La nuit vint. Je rencontrai le sommeil au jardin.

Le cinquième jour, je me rendis dans la chambre de mes parents. Par des fils je suspendis au plafond mes chevaux de papier. Une forêt de mobiles en hommage à ceux pour lesquels j'avais eu l'idée de construire un théâtre d'ombres (j'étais parfois un vrai fils pour eux, j'étais parfois si gentil, si plein d'égards, si suave), pour ces êtres inférieurs qu'ils avaient été. Mon accrochage terminé je retournai au jardin, afin de m'endormir entre les roses et la lavande. Sous l'avancée de la nuit la villa n'était plus qu'un bloc sombre. Pourquoi ne pas lui donner l'apparence d'un palais ?

Chaque lustre fut allumé, et chaque applique, et chaque lampe. Même à la cave une ampoule nue éclairait des casiers et leurs bouteilles de vin, des parois garnies d'une chapelure blanchâtre, un sol de terre battue. Toute la maison resplendissait d'un feu inoffensif.

J'étais nu, vous le savez déjà. Nu ou presque nu. Sur mes épaules j'avais jeté le châle ponceau de ma mère que j'avais longtemps convoité. Elle était morte, je me répète, mais tant pis. Ce châle m'appartenait, désormais. Tout ici m'appartenait. Je courais aussi peu vêtu du salon au premier étage et du premier étage au grenier. Le châle alors émettait un long crissement. Il était voile, ailes, oriflamme. Et moi, ange, almée, gonfalonier. Chaque fois que j'entrais en coup de vent dans ma chambre et que j'en sortais de même, je montais le son d'un disque qui passait en boucle. Une voix de femme chantait des adieux et des supplications, chantait l'amour et la pitié, chantait le désir et la mort du désir, chantait des rencontres et des ruptures, chantait ce qui était et ce qui aurait pu être, chantait des platitudes et des proses miraculeuses. Je montais le son encore et encore. Je tourbillonnais, parfois perdais l'équilibre, me rattrapais à n'importe quoi, ou chavirais sur mon lit ou sur un sofa ou sur une chaise. J'étais tous ceux qu'elle chantait, le messager d'un dieu, l'homme adoré, le salaud, l'amant mémorable, la salope intégrale, la fatale somptueuse, l'abandonnée, la conquérante, l'exilée, la voyageuse, l'insignifiante, la belle des belles. Je ne baissai pas le son quand des voisins frappèrent à la porte d'entrée. C'était quoi, ce tapage ? Ils voulaient roupiller tranquilles. Je ne leur ouvris pas. Enroulé dans le châle maternel, dans cette mouvante cuirasse, j'étais un roi, et ce roi n'avait que dédain pour ses assiégeants, plèbe gangrenée de petitesse vindicative. Je me complaisais dans la conviction d'être intouchable. Je l'étais, non ? On tambourinait. On menaçait d'appeler les flics. Les mauvais, les fous, les envieux étaient au bas des murailles de mon palais. Je pris soudain conscience que la haine que je leur vouais, si grandiose était-elle, serait inefficace. Ils me traîneraient au poste, ils me toucheraient, ils me jetteraient dans un enfer qui ne serait pas le mien. Non, cela ne pouvait être. Alors, en désespoir de cause, j'appuyai sur un bouton et la chanteuse aussitôt se tut. J'éteignis aussi lampes et lustres. Ce fut la nuit, partout. Je retins mon souffle pour entendre décroître les pas de mes ennemis. Prostré sur mon lit j'attendis ainsi l'aube.

Et l'aube vint.

Et cette aube-là j'eus la certitude que le feu peut encore ravager et qu'un dieu peut encore châtier.

Parents morts, fils libre – revigorante équation.

Aucune absence ne peut m'ébranler. Aucun malheur ne peut avoir raison de moi.

Ce sixième matin en solitude le jardin me parut passablement étriqué et ses murs d'une prétentieuse hauteur. Toute muraille, me dis-je, n'existe que pour être abattue. Et qui me contredirait serait dans l'instant moribond.

L'astre diurne, et la chaleur sur ma peau de jeune exalté.

Bientôt je verrai des sources, des forêts, des combes, des pics, des cols. Je reviendrai à la villa de temps à autre pour vérifier que je ne suis plus de ce monde-là : c'était mon chant en cette matinée de juillet.

Sixième jour, donc.
Je me revois à la fourche du magnolia. Regardez-moi. Je vous ordonne de me regarder. Je somnole, tout plein de mon avenir et de mes songes. C'est la nuit. Homme nu, je rêve, et c'est nouveau, à d'autres corps que le mien, l'imagination dallée de poncifs (je suis la putain de beaux gars, ils sont brutaux, humiliations et vengeance à la clé). Je suis excité par ceux que je ne connais pas encore. Je les aimerai, puis je les réduirai en charpie. Pacha arboricole je me soulage sur mon aire de feuillages. De la semence sur les doigts, sur le ventre, je ferme les yeux pendant de longues minutes. C'est banal et c'est ainsi. Je ne songe à rien. Et voilà qu'Ils approchent (ce ne sont pas mes beaux gars ; eux, ils ont été moins qu'ombres, dès ma semence répandue), Ils foulent la nuit, Ils galopent au-dessus des faubourgs, Ils vont, Ils vont. Et je rouvre les yeux, et je Les vois. Je vois le cheval de neige et son cavalier armé d'un arc, le front ceint d'une couronne, je vois le cheval couleur de brasier et son cavalier brandissant une épée, je vois le cheval couleur de suie et son cavalier au poing duquel oscille une balance, je vois enfin le cheval blême et son cavalier pressant la hampe d'une faux contre sa cuisse. Ils sont de chair et Ils ont un regard. Ils me demandent de poursuivre leur œuvre. Je n'ai jamais manié un arc ni une épée, pas plus qu'une faux, mais je m'en moque. Je serai tour à tour ces créatures, je les incarnerai je le sais, j'en ai le pouvoir. Même sans glaive et sans flèches. Ne vous ai-je pas dit que je viens de la nuit des temps, ne vous ai-je pas

dit que je suis sans âge, ne vous ai-je pas dit que je ne suis pas de ce monde ?

J'écris, et ils sont en moi. Vous devez me croire.

Septième jour. Je descendis de mon arbre. À l'instant où je posai le pied à terre, j'aperçus Éliane. Je m'enfuis, et dans ma fuite le châle glissa de mes épaules. Il était sale et déchiré. Elle le nettoiera, pensais-je, elle le ravaudera, elle y enfouira son visage, elle ne me pardonnera pas d'avoir fait de ce carré de soie une loque.

Nous déjeunâmes ensemble, comme si de rien n'était, comme s'il n'y avait eu ni offensante nudité d'homme ni belle étoffe profanée. Nous étions deux ombres policées créant un esprit de concorde. Je débouchai une bouteille de rosé d'Anjou. Nous ne trinquâmes pas. Tout à coup elle parla. Elle avait beaucoup réfléchi au cours de son séjour à Roanne. Elle avait employé des heures à fixer la répartition de nos tâches pour que la villa demeure pimpante. Elle se chargerait de la confection des repas, de la lessive et du repassage, dit-elle. Elle m'attribuait le ménage et l'entretien du jardin. Ensuite elle évoqua le centre équestre. Elle ne m'y conduirait pas. Depuis l'accident, l'idée de prendre le volant la terrorisait. Les trains ne sont pas faits pour les chiens, n'est-ce pas ? Elle proposa que l'on expose sa préhistorique guimbarde – une Panhard Dyna, 1957 – sur le bout de pelouse rachitique du devant, entre la maison et la rue. Elle s'y déglinguerait lentement, elle y rouillerait. On en laisserait les vitres baissées. Et Éliane s'emballa, elle avait le débit précipité et le lyrisme prophétique. Oui, on laissera les vitres baissées, annonçait-elle, et des plantes y prendront racine, et des oiseaux s'y réfugieront, ce sera une serre, une sculpture aussi, ce sera magnifique. Les Harfang sont bons pour l'invention, non ? Mais revenons à tes leçons d'équitation, mon p'tit (Je vais la tuer, me disais-je, je vais la tuer, elle et ses ordres, elle et ses idées idiotes, elle et ses frustrations). Tu iras par tes propres moyens, tu as compris. Pour ton argent de poche – tu auras des frais de transport, c'est fou ce qu'il faut te mettre les points sur les *i* – je t'allouerai une somme pas trop maigre, mais pas trop mirobolante non plus, ne rêve pas, et ce jusqu'à ta majorité. Je me fendis d'un « merci » plutôt chaleureux. Elle se renversa contre le dossier de sa chaise, comme au ralenti, avec un air de condescendance. Elle était sur ses gardes. Elle jaugeait ma sincérité. Tu as dans les yeux, me dit-elle, cette lueur narquoise, comme ta mère. Et elle eut un pincement des lèvres. Est-ce que je ressemblais tant à Laure Harfang ? Buvons encore, décida-t-elle, et c'est elle qui déboucha la seconde bouteille. Elle vida un verre, deux verres, trois, d'un trait. Je suis pompette, mon p'tit. Et soudain elle embraya sur Roanne. Elle choisit ses mots pour évoquer la morgue (un flic l'escorta dans les couloirs du bâtiment ; le chemin qui mène aux morts est-il toujours aussi tortueux ? se demanda-t-elle ; elle les avait reconnus, des plaies et des boursouflures, et pourtant encore des visages ; et puis les chariots sur lesquels reposaient Laure et Vincent regagnèrent leurs niches ; des bouches d'ombre, mon p'tit ; et puis le policier lui remit un sac en plastique contenant deux montres, une bague, une chevalière en or, deux alliances, deux cartes d'identité, un permis de conduire, l'acte de propriété de la fameuse friche datant de près de deux siècles, et la non moins fameuse facture des chevaux d'ébène ; le voilà, le sac, Jo, mais la bague, elle est pour moi), elle évoqua encore le cimetière (des noms gravés dans la pierre, des os en leur prison de bois, un bouquet de roses jeté sur la tombe, un pourboire donné aux fossoyeurs). Elle eut des mots justes qui empestaient ce qu'ils désignaient. Je me disais : C'est comment une charogne ? Elle raconta ensuite sa visite à l'ancienne bergerie. Elle eut des mots très beaux pour exprimer la splendeur des genêts, une brise sous un puissant soleil, elle eut des mots comme des griffes pour dire que les chevaux noirs, eh bien, il faudra les retrouver, que ce ne sera pas demain qu'on vendra le bout de lande. Nous irons là-bas, toi et moi. Elle écarta assiettes et couverts, déplia une carte. Tu vois, c'est là. Ils nous y attendent. C'est là, et nulle part ailleurs, j'en suis sûre. Làbas, je l'ai senti. Nous irons les récupérer, hein ? T'es d'accord ? Je dis : J'irai seul. Dans son regard, le regret d'avoir tant parlé, tant expliqué, tant espéré. Je redis : J'irai seul. Elle se leva. P'tit salaud, et elle n'était plus là.

Nous ne nous adressâmes pas la parole pendant huit jours.

Huit jours qu'elle mit à profit pour prendre le taureau par les cornes. Elle chargea une agence immobilière de vendre son appartement de la rue Feydeau ; quant à ses meubles elle les brada à un brocanteur.

Nous passâmes un mois d'août en circuit fermé. Je ne sortais que pour le ravitaillement et me rendre au centre équestre. Nous déjeunions à heures fixes. Elle confectionnait des recettes anciennes créées dans les cuisines d'une société depuis belle lurette en enfer ou auprès des anges. En présence l'un de l'autre nous étions sur le quivive. Nous savions que tôt ou tard l'un de nous deux aurait à quitter la villa. Elle ne doutait pas que ce serait moi. Comment un adolescent pourrait-il lutter longtemps contre une adulte ? Mais elle ignorait à cette époque qui j'étais vraiment, c'est-à-dire un être invincible. Et j'étais la Guerre et j'étais la Justice. J'étais ce qu'elle ne saurait jamais être. C'est pourquoi je l'envoyais paître sans un battement de cils, si elle se hasardait à m'imposer de nouvelles tâches, par exemple repeindre l'entrée ou traiter les poutres du grenier contre une éventuelle invasion de parasites. Je vis ses forces s'affaisser lentement. Je la muselais de toute ma violence prête à jaillir.

Dans le train pour Rambouillet (le centre équestre n'en était qu'à quatre kilomètres) je lorgnai aussitôt assis les passagers, les hommes uniquement. Je les désirais tous. Désirer n'importe qui, et ne plus avoir à réfléchir à ce qu'est vraiment un être humain. Juste des torses, des bouches, des cuisses. Tous interchangeables. En les désirant tous, j'avais l'impression, et que c'était bizarre, ça oui, de n'avoir plus de corps, de m'égarer en moi-même, de sombrer.

La première fois que je revins sans mon père à Rambouillet je fus un peu perdu. La ville n'avait été pour moi que banales ramifications de rues, clignotements de feux de circulation, badauds, commerces. De l'automobile je n'en avais eu qu'une perception plutôt floue. Je m'inquiétais : Où sont les chevaux ? Où est la voie royale qui me conduira à eux ? Je fus obligé de demander mon chemin. Je le demandai à un homme. À droite, et puis encore à droite, et puis vous serez sur une route, et puis ce sera indiqué. Vous en aurez pour une petite heure tout au plus.

Cela faisait quinze jours que je n'étais pas revenu au centre. Comment avais-je pu ? Mon père et ma mère étaient les coupables. Par leur mort ils m'avaient privé de l'essentiel. Je les maudis pour cela. Mon chagrin, si jamais chagrin il y avait eu vraiment, n'avait désormais pas plus d'épaisseur qu'une pellicule de glace sur une eau profonde.

Du regard je me réappropriai les manèges, la maison de maître, les écuries. Mais c'était le regard d'un homme déçu. Le centre avec ses allées sablées qui le bornaient et ses quelques îlots d'arbres qui l'ombrageaient maigrement paraissait avoir rapetissé. Cette enclave jurait avec l'ampleur verdoyante des prés la cernant. En effet des prés jouxtaient des prés, et ce jusqu'à la pénombre drue d'une forêt dans laquelle je n'étais jamais allé me balader. Y aller un jour avec mon cheval, y bivouaquer, s'y éterniser. Être l'hôte de cette immensité et ne plus la quitter.

J'expliquai au directeur pourquoi j'avais loupé plusieurs leçons. Il appela palefreniers et moniteurs. Tous me présentèrent leurs condoléances par des phrases mates et sincères. Ils me tapèrent sur l'épaule. Leur virile sollicitude me rendit nerveux. Ces tapes avaient plus de compacité que tout deuil et que toute déception. On sella Caliban. Comment avais-je pu vivre deux semaines sans cet animal, sans le monter, sans avoir le monde à mes pieds ?

Début septembre on me chassa du centre, car j'avais accompli un acte inqualifiable.

Récit de ma dernière leçon.

Caliban effectua un gentil petit trot tout d'abord, façon de s'échauffer avant les sauts d'obstacles. Il trotta, fit quelques pas dansés, trotta de nouveau et de nouveau exécuta un inventif et superbe piétinement. Ce drôle de ballet dura, dura, et le temps alloué au cours se réduisait à la vitesse grand V. Caliban et moi étions sourds aux propositions de Di Giorgione, mon instructeur, qui s'agitait et gueulait. Il voulut s'avancer vers nous mais sentit aussitôt que nous lui étions hostiles. Il faisait face à un poitrail en bouclier, des sabots comme des lames, un visage où l'ironie s'était figée au coin des lèvres. Majestueux, Caliban alla à sa rencontre. Il cherchait à acculer sa proie. Di Giorgione n'en finit pas de reculer. Il hurlait des ordres. Bientôt ce seraient des insultes. Brusquement le Centaure s'éloigna de lui, allongea le pas, ignorant les obstacles. Le sable giclait en écume autour de lui. Puis il se mit à foncer sur Di Giorgione. Il chargeait. L'œil était dilaté, le pelage maculé de sueur. Di Giorgione parvint à se glisser sous la barrière. Une seconde de plus et la trombe l'écrasait contre la claire-voie. Caliban enchaîna plusieurs incartades, pila, sembla rire comme le molosse avant de mordre, babines retroussées et dents jaunes, frissonna lorsque mes talons pressèrent ses flancs. Va, va, je murmurais à mon compagnon. On bougeait du côté des écuries, on parlait de nous, on hurlait. Sans avertissement Caliban fit une volte serrée de toute perfection, puis une deuxième, celle-ci élargie, enfin une troisième qui s'apparenta à un tourbillon au ralenti. Va, va. Caliban se mit à trotter. Va, va. Du trot il passa au galop, et brusquement s'éleva dans les airs. Il sauta par-dessus la barrière. Et nous laissâmes derrière nous l'ultime frontière.

Nous nous noyâmes dans la verdure. Sous l'herbe grasse martelée, pilonnée, la terre résonnait du bruit de quatre sabots la frappant. On allait droit devant nous, lui, crinière de Gorgone et muscles comme du métal en fusion, moi, les mâchoires serrées et le corps si tendu qu'il était sur le point de se rompre. J'étais le Cavalier, le premier annoncé dans le texte sacré, le premier surgi du ciel. Les prés comme une mer s'ouvraient à notre passage, nous fûmes à cent mètres, à cinquante, à dix de la forêt. Une falaise pleine de vent, d'oiseaux et de nuit nous surplombait. Nous la traversâmes. Une branche me cingla la joue. J'eus à peine conscience de la douleur que me causa l'estafilade. Les arbres étaient myriades et les broussailles y proliféraient. À un endroit elles devinrent barbelés. Les forcer s'avéra impossible. D'ailleurs un chaos de bois dur et d'épines venait d'immobiliser Caliban. Du sang le maculait des paturons jusqu'à l'encolure. Les sarments meurtriers épousaient l'animal. Pas très loin de nous d'autres cavales labouraient l'humus, froissaient des branches. On nous poursuivait. Pourquoi la forêt nous avait-elle trahis ? Pourquoi la frise s'était-elle faite paroi d'acier ? Se pouvait-il qu'il y ait des lieux pareils aux hommes, traîtres, mauvais, insensibles ? Je me penchai vers Caliban : Mon amour.

Mes poursuivants m'avaient rejoint. L'un deux m'arracha les brides des mains. J'étais leur prisonnier.

Les blessures de Caliban étaient superficielles. On n'intenterait pas un procès pour irresponsabilité et démence à un orphelin de fraîche date. Je ne les remerciai pas pour leur clémence.

Je rentrai tard de Rambouillet. J'avais vadrouillé dans les rues de cette ville en marmonnant que je reviendrais au centre, que je convertirais les écuries et la maison de maître en un tas de cendres, que je libérerais tous les chevaux. Je n'avais pas fait la moindre rencontre. Il m'aurait plu pourtant de tomber sur un homme porté sur les garçons, de me retrouver avec lui dans un square ou un appartement, d'évacuer peut-être en couchant avec lui le désespoir de n'avoir pu galoper jusqu'aux confins du monde. J'étais vierge. Bien qu'âgé seulement de quinze ans, j'avais deviné que pour avoir vraiment un corps il est nécessaire d'être possédé et de posséder. Sur le trajet que je fis volontairement à pied de la gare Montparnasse à la rue Léon-Frot, je ne croisai pas l'être qui m'aurait rendu un autre. Ce qui renforça mon désir, mon besoin de meurtre.

Sur la porte de ma chambre Éliane avait punaisé une note : Migraine à couper au couteau. Pas le courage de préparer à dîner. Dans le frigo du jambon et des tomates. J'avais faim. J'étais épuisé. J'avais besoin qu'on me serve. J'entrai sans frapper dans la chambre d'ami.
Qu'est-ce qui te prend ?
Elle était étendue sur son lit, enveloppée dans le châle qui avait si agréablement paré ma nudité d'ailes. À son cou, à ses poignets, à ses chevilles, des bijoux, fantaisie ou non. C'étaient ceux de ma mère.
Sors.
Et je sortis. Et j'étais comme fou. Ce qui a appartenu aux morts ne peut appartenir aux vivants. Éliane s'était emparée de ce qui aurait dû parer Laure Harfang en sa tombe. Seuls les dieux ont le droit d'hériter des pierreries des défunts. J'étais un dieu, et je le ferais savoir à Éliane, et je l'obligerais à n'être qu'une ombre. Les tuer tous, décidai-je, ma tante, les palefreniers, le propriétaire du centre, Di Giorgione. Il y aurait des flammes et des cris. Je serais ce que je suis.
J'eus une coriace insomnie.

Fumo di legna, chanta une voix de femme toute la nuit durant.

Je pris mon petit-déjeuner seul. De la journée Éliane ne quitta pas sa chambre. Mais en fin d'après-midi elle apparut au salon très pâle et en peignoir. Les bijoux cloutaient sa peau et l'étoffe.
C'est comme ça, dit-elle, et pas autrement.
Oui, c'est comme ça.
Elle parut stupéfaite que je sois si conciliant et si compréhensif à son égard.
Vraiment ?
Vraiment.
La patience n'avait pas été mon fort. Elle le fut cet après-midi-là. Je me jurais de lui faire payer bientôt cette insolence à porter la quincaillerie maternelle. Il n'y avait qu'un seul être à avoir le droit de détruire ou de préserver ce que mes morts m'avaient légué, et cet être, c'était moi. C'est pourquoi je me considérais autorisé à régner en maître dans la villa. Je rêvais de réduire Éliane au simple rôle de servante. Cela dit, je prévoyais qu'elle n'accepterait nullement qu'on la relègue au second rang. Mais que pourrait-elle opposer à ma puissance, à ma violence, au mépris que j'avais d'elle ? Elle se révolterait contre ma tyrannie ? Je la briserais. En vérité, que nous puissions vivre ensemble avait tout d'une utopie. Pendant qu'elle était à Roanne j'avais joui d'une solitude absolue, et j'en avais encore la saveur en moi. Je rageais de me trouver empêché par sa seule présence d'être ce que j'étais : un solitaire. Éliane devint alors pour moi celle qui avait l'outrecuidance de m'imposer proximité et partage. Si j'acceptais pareille emprise, j'en crèverais, ça ne faisait pas l'ombre d'un doute. Mais j'étais certain

de savoir conclure le chapitre qu'elle et moi étions en train d'écrire. L'un de nous deux devrait disparaître du paysage, et ce ne serait pas moi.

Elle sentit, je suppose, que se barder de parures risquerait de lui être fatal, car elle renonça bientôt à les porter, du moins devant moi. Je l'imaginais telle une châsse dans sa chambre et se livrant à quelque débile rituel. Elle me répugnait.

De mon renvoi du centre je n'avais pipé mot à ma tante. Je lui avais raconté une fable quant à la raison de la plaie qui balafrait ma joue : une chute, lors d'une randonnée, en était la cause. La cicatrice s'effaça si lentement que l'humiliation qui avait été la mienne se fit inoubliable. Les hommes à la médiocre colère qui s'étaient octroyé le droit d'abréger mon aventure au cœur d'une forêt ignoraient à quelle vengeance leur si triste pouvoir m'entraînerait.

Je retournais souvent au centre. Mais en rôdeur. Et pas avant le crépuscule. Ce qui m'obligea à découcher. Ce qui m'attira les foudres d'Éliane. J'étais où ? Je trafiquais quoi ? Je voyais qui ? Je lui racontais d'extravagantes histoires d'ogres gavés à l'héroïne. Je me foutais d'elle, et elle s'en apercevait. J'étais désespérant, glapissait-elle, je n'étais pas le fils de mon père, encore moins celui de ma mère. Mauvaise graine, et bla-bla-bla. Un jour, elle se lassa de me questionner, de m'insulter, de me haïr à visage découvert. Elle se disait peut-être que de mes sordides errances je finirais bien par ne pas revenir. Porté disparu. Elle serait débarrassée de moi une fois pour toutes. Elle ne me connaissait pas, en somme. C'était une femme à la très conventionnelle imagination.

J'allais donc au centre après le coucher du soleil. En

vigie, derrière un bosquet, ou planqué dans de hautes herbes, j'enregistrais ses activités nocturnes qui se révélèrent quasi inexistantes. Le soir, deux personnes seulement occupaient les lieux, le propriétaire et l'un de ses palefreniers. Le premier se retirait évidemment dans la demeure bourgeoise, le second dans ce qui devait être une chambre aménagée au-dessus des écuries. Chez l'un comme chez l'autre les lumières s'éteignaient en général aux alentours de vingt-trois heures. Si l'employé ne recevait jamais personne, par contre il arrivait que son patron accueille des amis. Les agapes s'éternisaient rarement au-delà de minuit. Lors de ma première ronde, j'avais répertorié toutes les ouvertures des édifices. Le compte en avait été vite établi. Au rez-de-chaussée de la demeure, une porte et sept fenêtres ; pour les écuries, deux portails aux battants de bois et entre eux une étroite fenêtre toujours entrebâillée, négligence ou dérisoire moyen d'aération. Combien de litres d'essence devrais-je me procurer pour que fulgure le feu devant chaque fenêtre, devant chaque porte, que tout soit brasier en peu de temps ? Dix ? Vingt ? Plus ? Combien en contenait le jerricane laissé dans la voiture d'Éliane ? Quinze environ. Telle fut mon évaluation, dès mon retour à l'aube, tandis que ma tante dormait encore. Je décidai que ce serait suffisant pour déclencher l'incendie fabuleux dont je rêvais et que j'avais programmé au mois de décembre. Je priais pour que l'hiver soit un hiver de neige. La beauté des flammes n'en serait que plus sublime. J'aurais, hélas, à reporter mon rendez-vous avec le feu. À peine étais-je retourné au lycée que je tombai malade. Une bronchite me terrassa. Je fus longtemps abruti de fièvre. Éliane se mua en infirmière, mais en une infirmière aux pratiques suspectes. Elle ne me donnait mes médicaments qu'un jour sur trois. À ce rythme toute guérison était évidemment compromise, ou du moins singulièrement ralentie. De plus elle ne me nourrissait que de mixtures qui n'aiguisaient guère mon appétit et ne m'offrait qu'une demi-bouteille d'eau toutes les douze heures. Je mourais de soif. Plus je m'affaiblissais, plus elle jubilait. Malgré ces restrictions tout en moi refusait d'être sa proie. Je luttais contre l'inéluctable. C'est ma haine à l'égard d'Éliane qui me maintint en vie. J'eus ainsi la confirmation, si besoin encore il y avait, que la haine était un sentiment salutaire. Ce sentiment me pourvut d'une telle force qu'il réussit à vaincre la fièvre. Éliane n'en revint pas. Elle en revint d'ailleurs si peu que l'âcre et active animosité qu'elle nourrissait envers ma personne s'étiola d'un coup. Les plats savamment cuisinés qu'elle se préparait pour elle-même, elle n'y goûtait plus que distraitement. Je m'en empiffrais alors, dès qu'elle quittait la cuisine. Je repris ainsi du poids, tandis qu'elle devenait hâve, morne – une sorte de fantôme. De la cuisine elle allait directement dans sa chambre. Elle avait, me semblait-il, renoncé à taper ses sempiternelles thèses. La dame virait à la recluse. Nous ne nous disions plus un mot. Nous vivions dès lors dans ce rêche et ample silence que seuls des ennemis de haute volée savent entre eux établir.

Septembre, octobre et novembre furent des mois de bienheureuse paresse. Je dormais beaucoup, j'engraissais, je me berçais des visions d'un avenir éclairé par de grands feux inextinguibles. En décembre il neigea. Je ne bougeai pas de la villa. Enfoui sous mes couvertures j'étais bien, sans doute heureux. Il arrivait cependant que je m'enlise parfois dans une glaçante apathie. En ces moments-là je n'avais même pas accès à mes somptueuses visions d'incendie. L'énergie que m'insufflaient la haine et le ressentiment avait en effet, comme tout en ce monde, ses hauts et ses bas. Il y avait des jours où la seule idée d'accomplir trois pas dans la rue me mettait aussitôt sur le flanc. Le souffle me manquait, mes jambes flageolaient, la tête me tournait. Si le centre équestre, ces jours de violente léthargie, me paraissait être le bout du monde, par contre la capitale était à ma porte. L'incendie serait pour plus tard, me disais-je. Pour apaiser ma frustration je m'imaginais déambulant dans la ville. Tout près de moi elle palpitait, elle grondait, elle m'appelait. Le désir de m'y plonger se confondait avec celui de longues et intenses étreintes. Et je m'exaspérais soudain à n'avoir que mon corps pour compagnon. J'irais là où se donner et prendre est monnaie courante. Je serais animal nocturne. J'appartiendrais à n'importe qui. Je le voulais, ô combien.

En janvier, malgré des vertiges et un trottinement de petit vieux, je me hasardai hors de la villa. Ce n'est qu'en février que l'aventure débuta vraiment. Je fus enfin un jeune homme véloce au regard d'inquisiteur. Je marchais jusqu'à l'épuisement. Ce régime forcené fut salutaire : je maigris de nouveau. J'étais un dieu présentable.

Un matin de ce même mois de février j'annonçai à ma tante que je ne retournerais pas au lycée. Elle s'était récriée. Ce devait être la dernière fois qu'elle s'opposerait à moi. J'étais cinglé, ma décision était inadmissible. J'étais qui pour me permettre ça ? Je n'étais pas grand-chose, et j'allais devenir moins que ça. Elle me chapitra longtemps. Une logorrhée un peu délirante, un tantinet cruelle, juste très bête. Ses mains tremblaient et s'ennuyaient à ne pas avoir un truc à briser. Je gueulais : J'irai plus, non, j'irai plus. Tout à coup elle se mit à contrefaire mes gestes et ma voix. Il ira pas, il ira pas. Je la giflai. Que ça peut être sonore, la colère ! Elle pleura. Je dis : À plus tard. Et je fus aussitôt dans la rue.

La cité bruissait autour de moi. Avenues, impasses, squares, terrains vagues.

Je fendais la foule. On s'écartait de moi. J'étais intouchable.

De la pierre naîtra demain le végétal. C'est écrit. Vous ne me croyez pas ? Mais vous croyez en quoi ? Je l'affirme : La liane et la racine disloqueront un monde trop longtemps composé de lignes droites. C'est écrit, je vous le dis. Sous la verdure, ce sera le royaume de la poussière.

Tout au long de mes premières odyssées à travers la capitale, je ne cessais de me languir de Caliban, je regrettais de ne pouvoir le chevaucher. Sous ses sabots l'asphalte se froisserait comme une tôle moins épaisse que du papier à cigarette. Je me rendais néanmoins compte qu'il ne serait pas facile de pénétrer à cheval dans la ville. Et si je ne pouvais y cavaler librement, comment en ce cas parvenir à incarner la Conquête, la Pestilence, la Guerre et la Mort, comment parvenir à être quatre cavaliers en un ? Est-ce encore possible d'apparaître aujourd'hui en justicier, je vous le demande ? Le doute me talonnait, mais j'avais la certitude d'avoir été investi d'une mission et que je saurais la remplir. Oui, je saurais purger la planète de tout le ramassis d'imbéciles, de vaniteux et de corrompus qui la peuplait. Je serais une légende, je serais plus incomparable que tous mes ancêtres réunis. Lorsque je poserai ma plume, je reprendrai ma croisade. Un jour ou l'autre toutes les portes de la prison s'ouvriront devant moi. Je vous le dis, il en sera ainsi.

De mes errances je rentrais fourbu et affamé. Je me jetais sur les bons plats qu'Éliane continuait à cuisiner. Je bouffais, je bouffais, et pourtant, étrangement, je ne cessais pas de maigrir. Je dévorais froid le lapin à la moutarde ou la matelote d'anguille, le plus souvent vautré sur le canapé du salon, le regard vagabondant sur les murs envahis de tableaux, des paysages mièvres, des paysages qui n'existaient pas dans la réalité, des paysages qui n'étaient pas les miens, ceux pour lesquels mon cœur s'emballait – ces paysages auxquels d'invisibles présences donnent une grandeur. Un soir, alors que je mâchonnais du pain je découvris entre deux coussins un foulard de crêpe amarante. Je le revis aussitôt noué au cou de ma mère. C'était Éliane, j'en étais sûr, qui l'avait oublié. C'était l'autre, là-haut, celle que j'avais giflée et qui s'appropriait les trésors abandonnés par nos morts. Basse profanation, rapacité démoniaque, pillage effronté. Tout ici ne m'appartenait-il pas ? N'étais-je pas le fils de ces morts ? Terroriser Éliane, voilà ce que brusquement je décidai. J'y fus d'autant plus résolu que ressurgit un souvenir, celui d'Éliane coiffée d'un galurin à voilette attendant un taxi. Ce chapeau, la mémoire m'en revint ce soir-là, était un de ceux qu'arborait parfois ma mère. J'en conclus qu'Éliane se travestissait en Laure Harfang. Qu'elle aspirait à se muer en cette femme qui avait été ma mère. Une si constante volonté de s'identifier à la meurtrière d'Orion me glaça les sangs. Il était donc nécessaire que j'agisse.

Qu'éprouva-t-elle, lorsque certaines nuits je rôdais dans le couloir de l'étage, quand, à intervalles réguliers, je collais mon oreille à la porte de sa chambre, que je grattais à cette même porte en respirant fort, que je chuchotais inlassablement : C'est quoi, ce foulard, Éliane

Harfang, laisse-moi entrer, je t'en supplie, laisse-moi entrer, ma chérie ? Qu'éprouvait-elle ? De la peur ? Évidemment ! Mais cette peur ne fut jamais assez puissante pour lui conseiller de fuir mon royaume. C'est à cette époque que j'achetai un couteau à cran d'arrêt. Et c'est ce couteau en main que je continuais à presser mon visage contre sa porte, à en racler le bois de mes ongles, à émettre un bruit de forge, à chuchoter : Laisse-moi entrer, ma chérie, laisse-moi entrer. Oh ! oui, je répétais parfois cette phrase jusqu'à en perdre le souffle, jusqu'à en oublier Éliane et ma volonté de la terroriser. Je l'adressais alors à qui, ma supplique ? À qui, bon sang, à qui ? À un dieu ? Mais il n'y avait plus qu'un dieu sur terre, et ce dieu, c'était moi. Laisse-moi entrer, laisse-moi entrer, et voilà que je reprenais ma voix d'autrefois, ma voix d'enfant pour pénétrer dans une sorte de néant. Je me dissolvais en lui, j'étais une nuit dans la nuit, mais il suffisait d'un soupir, d'un bruit de pas pour m'en extraire. Derrière la porte j'entendais Éliane tourner en rond, et peu à peu je m'ancrais de nouveau dans la réalité, tout redevenait émotions et sentiments, la haine se réinstallait en moi.

Laisse-moi entrer.

J'ignorerai toujours ce qu'elle ressentait exactement lorsque je répétais sans fin ma petite phrase.

En avait-elle assez de ne plus savoir répondre à ma violence ? au climat de peur que j'instaurais chaque soir ?

Rêvait-elle sa mort ?

Était-elle vampirisée par son échec à me faire disparaître de la foule des vivants ? Cet échec l'avait-il plongée dans un découragement mortel ?

Qu'est-ce qui pourrissait ou se desséchait en elle ?

Nous étions du même sang.

Étions-nous l'un et l'autre en enfer ?

Et si oui, nos enfers se répondaient-ils ?

Qui était-elle ? Qui suis-je ? Tuer m'a-t-il donné chair ? M'a-t-il éclairé sur moi-même ? Suis-je quelqu'un pour avoir tué ? Un dieu a-t-il besoin d'être quelqu'un pour exister ?

Pendant plusieurs mois Éliane ne descendit de sa tanière que pour me préparer mes repas ou pour commander par téléphone à l'épicerie du coin quantité de victuailles, et ce, uniquement lorsque j'étais en vadrouille.

Aucun de nous ne se préoccupait plus de faire le ménage. La villa s'encrassa.

Mars fut sans surprise. Giboulées et averses.

Avril ? Un mois tout d'argent et d'un bleu d'écaille.

Et vint mai. Ce mois embauma le jeune feuillage. Il faisait chaud. Au plus secret des impasses et des ruelles flottait une odeur de cave assainie. J'étais loup. Je flairais le vent. Les proies étaient myriades, mais invisibles.

J'étais loup ou j'étais gibier ?

Je m'abouchais au jour, je m'abouchais à la nuit. J'étais sans cesse dans les rues. Déambuler à l'étage, créer un état de siège n'avait eu qu'un temps. Le foulard s'était fané entre mes doigts, et avec lui une certaine colère. J'avais vaincu. Éliane n'était plus qu'un fantôme. J'allais, j'allais de par les rues, donc, et tout sollicitait ma curiosité : les façades comme les gens. M'était sorti de l'esprit le désir d'incendie. J'étais toujours en mouvement, toujours aux aguets, j'étais animal. Période exaltante, qui précéda mon âge d'or.

Je sillonnais la capitale. Elle ne me parut bientôt plus

infinie. Mais les forêts, les déserts, les plaines le sont, me disais-je.

De mes périples je rentrais de plus en plus tardivement.

À parcourir des kilomètres et des kilomètres je me fis longiligne. J'étais désormais physiquement un autre, et cet autre hébergeait l'être que j'étais vraiment. Moins je pesais et plus j'avais la conviction de savoir me rendre invisible. Mais ce n'est qu'à l'air libre que je peux accéder à l'invisibilité. En m'enfermant, vous, petits hommes, vous tous sans exception, vous m'avez privé de ce don, vous m'avez comme rogné les ailes, vous m'avez fait à votre image pour mieux me briser. Je vous exècre, vous et vos chiens, vous et votre foi en la justice.

Une nuque, un dos, une démarche, et je pistais un garçon. Sa beauté m'entraînait le plus souvent sur le seuil d'une boîte, mais je reculais à l'idée de me voir happé par une nuit artificielle et possédé par de jeunes anges ondoyants. Pourtant j'aspirais à me mêler à eux, à régner sur une nuit sans nom qu'aucun jour ne précéderait ni ne continuerait. Mais je reculais toujours. Et la démence me guettait à devoir affronter mes limites. Comment accepter de n'être qu'un dieu peureux et lâche ? Un dieu par trop humain ? Pour mettre un terme à mon angoisse j'accomplis mon premier crime. Et c'est après avoir tué que je pus enfin hanter, glorieux et immortel, certaines nuits de notre siècle.

C'est sur une des berges de la Seine que le destin m'offrit ma première victime. Je flânais entre le scintillement des eaux et le talus habillé de buissons, quand je sentis que l'on me suivait. C'était un homme tout simplement, il me voulait. J'eus soudain un souffle sur mon cou. Un type tout en serres et en jambes. Je me dis : Ne te retourne pas, qu'il n'ait pas de visage, qu'il te soit l'inconnu parfait. Un bras me ceintura, une main me palpa. Je luttai contre ces rets de muscles, mais mollement. Être tout abandon, avant de frapper. Nous étions deux combattants dans une nuit d'août. Nous étions prêts à nous aimer. Il me touchait, et ça me plaisait. Je fus brusquement précipité dans une exaltation inouïe, dans une sensuelle panique (il allait me posséder, il serait en moi, et mon pouvoir dans tout ça ?), puis je cédai par à-coups à l'anguleuse présence dans mon dos. Entre posséder et l'être, que choisir ? Et entre se livrer à l'autre ou le frapper au cœur ? Je me demandais : Le saurai-je un jour ? J'étais un dieu indécis. Et j'en avais honte. Il y eut une pause pendant laquelle l'homme s'appuya contre moi – naturelle et brûlante convoitise (on me convoitait, moi, me disais-je, c'était possible). Une pause, donc, et puis la main avide et douée pour les caresses recommença à pétrir mes chairs, et je ployai sous l'étreinte. Je pliais. Je pliais, et dans ma paume il y avait l'arme blanche. Je pliais, quelques secondes, pas plus, et j'eus ensuite un sec mouvement des épaules (comment accepter que des bras m'emprisonnent ?) pour me dégager de l'emprise. Tout doux, dit le fou de désir pour moi, avec l'intonation de celui qui sourit. L'enlacement se relâcha un peu. Je me laissai aller subitement contre mon inconnu, contre l'homme sans visage. J'aurais pu aussi bien dire : Continue, que : Ne me touche pas. Chaque ordre aurait eu un sens. Tout aurait été sincère. C'est la lame qui acheva le tourbillon des contradictions et des hésitations. Elle s'enfonça au hasard, mais profond. J'entendis le cri de l'homme, et cet homme s'agrippa à moi, moi, Jo Harfang. J'entendis un long gémissement d'incrédulité et de colère et de douleur. L'homme s'effondrait au ralenti. Ses doigts n'étaient plus des serres, sa tête heurta la mienne, ses genoux fléchirent (j'aurais aimé un instant être lui, vivre ce que c'est que mourir – ah ! ce genre d'envie prouve que j'appartenais encore à l'espèce humaine). Et le chasseur se dénoua de sa proie, il glissa le long de moi, lentement, par saccades, inéluctablement, et voilà qu'il était à terre. Il ne me touchait plus et j'en avais le regret. Je me mis à courir. Je zigzaguai, dérivai de la berge à l'escalier menant au macadam, et la rue fut là, se déroula sous mes pas, large, ventée, comme de mica, et cloutée de lumières. Ébloui et haletant je courus, courus, toujours plus vite, dans l'exaltation d'avoir eu ma première victime (ah ! l'instant où l'acier s'enfonça dans le corps de l'homme, ce crissement mortel, ce bruit de soie !). Je courus une éternité. J'atteignis enfin mon quartier, mon territoire – boulevard Voltaire, rue de Charonne, rue Léon-Frot. J'étais chez moi.

Un retour.

D'abord, la Panhard, tel un gros insecte capturé par des plantes sinueuses, le volubilis et la viorne.

Puis la villa, l'obscurité du hall, le salon, le couloir du bas, la rampe lisse comme un pelage, l'étage, la chambre aux murs punaisés de posters (chevaux, félins et paysages).

Puis les vêtements ôtés avec impatience.

Puis le lit, la peur de la prison, l'apaisement vécu comme une victoire.

Puis les mains qui poursuivirent et conclurent ce que l'homme de la berge avait entrepris.

Puis la semence répandue, l'épuisement, l'aube, le besoin de caresser et d'être caressé.

Puis la fenêtre dont je n'avais pas tiré les rideaux, un lé de ciel, l'astre à son zénith.

Puis la bienheureuse léthargie, le souvenir de la lame et d'un certain joli petit bruit de soie.

Et puis l'attente que le jour s'éteigne.

Et puis la nuit, encore une fois, la nuit.

Je ne me suis plus jamais aventuré sur les berges du fleuve. Je ne fus pas l'assassin qui revient sur le lieu de son crime. Inutile de tenter le diable, n'est-ce pas ? Mon coup d'essai avait été un coup de maître. Mais il n'était que l'introduction à ce qui devait être. Il s'écoula quelques semaines avant que je provoque de nouveau le merveilleux bruit de soie déchirée. Pendant des jours et des jours m'obséda uniquement le désir d'étreindre. C'est pourquoi de nombreux soirs durant je franchis la porte de ces endroits où la pénombre est régulièrement balayée de lumière, de ces lieux avec des salles en enfilade, des miroirs, des écrans sur lesquels sont projetés les ébats d'hommes balancés comme des Hercules. J'enlaçais et j'étais enlacé par des ombres anonymes. Certaines m'entraînèrent hors de ces cavernes obscures. Dans une chambre elles se firent moins ombres et parfois il y en eut qui me confièrent leur nom. Dès que je pénétrais dans l'arène aux rencontres éphémères j'étais fiévreux et disponible. Le premier de mes ravisseurs fut un gars dont les exigences érotiques qu'il imposait à ses conquêtes se nuançaient de délicatesses. Jamais encore un regard d'homme ne s'était posé sur ma nudité. Cela me gêna et cela me rendit sans résistance. J'appartins à ce regard, avant même d'être un amant. J'en oubliai rapidement toute gêne, je répondis à des caresses par des gestes précis. Ce fut une belle nuit d'apprentissage.

J'appris entre autres que tour à tour et sans effort j'étais à même de me soumettre à des directives sexuelles et de les ordonner. Cet homme et moi nous nous étions protégés. Au matin, sans émotion particulière, sans non plus exprimer le désir de me revoir, mon compagnon de passage me congédia. J'en fus si violemment désarçonné que j'oubliai qui j'étais, un dieu, comme on le sait. L'humiliation était si grande que je ne songeai même pas à user de mon couteau. Ce n'est qu'une fois dans la rue que je me haïs d'avoir été si peu un dieu. Afin d'échapper à ma honte je me mis à déblatérer contre l'amour et les jeux érotiques, je grognais que faire l'amour, bon, oui, ce n'est pas mal, c'est même très agréable, mais un peu répétitif, non, et toute répétition vous fait tôt ou tard broyer du noir. Et je voulus obtenir la preuve de ce que j'affirmais avec une si fausse bonne foi. En trois mois je pus me targuer d'un nombre impressionnant d'enfilades réciproques. Elles se déroulèrent dans des chambres, sur le siège avant, sur la banquette arrière d'une voiture, dans des chiottes, au plus touffu de squares, sur un chantier, partout. J'obligeais toutes mes rencontres de hasard à se gainer la verge de latex. Je ne m'imaginais pas quelques années plus tard en petite chose moribonde. Je ne me voyais pas en agonie. Je ne concevais pas que je puisse mourir, que je sois pareil à mon prochain. Mourir était affaire des autres. Les gars qui refusaient la gaine protectrice, eh bien, ils me connurent non pas comme amant mais comme celui qui manie plutôt bien le surin. Mais je dois avouer que parfois tuer me barbait. Ce qui me fait dire que même les justiciers ne sont pas épargnés par l'impression de s'ennuyer à torturer, à trancher des gorges, à assainir.

Venons-en à mon quarante-quatrième et dernier

amant. Coucher avec Thierry Istandi, vingt-trois ans, sonna le glas de la drague effrénée. Je l'ai peut-être aimé. Ou plutôt je me suis dit que je l'aimais. Mais plus je me répétais cela et plus j'avais hâte de retrouver le centre équestre et mettre à exécution mon projet d'incendie. Devant ma passion des flammes et des chevaux mon bel amour faisait pauvre figure. Il ne me paraissait exister que par un superficiel enchantement. Cependant je n'étais pas de ceux qui renoncent facilement à leurs illusions. Un jour je lui confiai Caliban, les bûchers que je dresserais, mes aïeux légendaires. Je lui dis aussi que j'étais un dieu. Médusé par mes paroles, Istandi avait l'œil stupide et la bouche molle. C'est fou ce que l'incrédulité et la stupéfaction rendent un visage laid. Il gargouilla un « ben ! toi, alors », à quoi je répliquai par une phrase d'une froide sincérité : Je ne t'aime pas, en définitive. Il est des aveux qui sont fatals à qui en sont les dépositaires. Celui-là le fut. Un bruit de soie accompagna le dernier baiser que je donnai à Istandi.

J'ai tué et personne ne m'a suspecté. C'est bizarre, non ? Ou bien, est-ce normal ? Mes morts, mes ancêtres, mes fantômes bien-aimés veillaient à cette époque sur moi : ils durent brouiller les pistes. Ils ont été mes bons anges, ils m'ont pendant des années susurré : Tu es le meilleur de nous, tu es le plus grand de nous tous, allez, n'hésite pas, égorge cet imbécile, ce fou, cet impudent, mais dès que j'ai été en cavale, ils ont cessé de se manifester. Pourquoi ? Je l'ignore. Les ai-je déçus ? Peut-être. En tout cas leur démission m'a été funeste, puisque je suis ici, dans une cellule, et pour toujours, m'a-t-on laissé entendre. Est-ce une épreuve qu'ils m'imposent ? Je suis sûr qu'ils se tiendront de nouveau à mes côtés, qu'un jour, grâce à eux, il n'y aura plus ni murs ni gardiens ni chiens. Que je pourrai retrouver les déserts et les forêts. Que je pourrai de nouveau abréger des vies insignifiantes. Et juges et gardiens n'auront plus de moi que ces feuilles de papier où se seront accumulées des bribes de mon existence. Il en sera ainsi. Il ne peut qu'en être ainsi.

Oui, c'est ça, j'ai dû décevoir mes bien-aimés. Et je suis à même de préciser quand. C'était un matin de septembre. Rue de Montreuil un garçon me décocha un sourire auquel je ne sus résister. Il m'emmena dans une baraque à l'air funèbre. Un portail de fer ouvrait sur une jungle de lilas, de rosiers, d'églantiers. Sur le perron de la villa, des sacs remplis jusqu'à la gueule de détritus. Nous pénétrâmes dans un espace ténébreux avec à ses angles des bougies allumées, des formes humaines aux voix rauques ou endormies, combien d'hommes, combien de femmes. Nous nous engageâmes ensuite dans un escalier dont la rampe avait disparu. Des lambris spongieux, une intense âcreté stagnant partout. Nous prîmes un second escalier. Mon guide logeait sous les combles. C'était un type plein d'impatience et de tendresse. Monnaie courante. Ennui assuré. Il était de ceux qui méprisent le latex, toute protection donc. Un petit connard sentimental et suicidaire. Je me rendis compte brusquement que les poches de mon pantalon étaient vides. Pas de couteau. Oublié rue Léon-Frot ? Perdu ? J'avais failli. Et c'est de cela que mes anges protecteurs m'ont tenu rigueur. Je repoussai le garçon, je m'enfuis. Je bousculai des ombres, je traversai une nuit opaque, je hurlai qu'on me foute la paix, je me sentais atrocement seul, ce qui était singulier, voire incompréhensible, quand on sait que les dieux ne connaissent jamais la solitude.

Était-ce possible que je puisse être, tout à la fois, et un homme et un dieu ?

Je ne répondrai pas.

Le ciel était blanc. Et le jour sans relief. Je venais de fuir un garçon, des spectres, une maison, un jardin. Ma colère tournait à vide. Je pleurais. Je disais à haute voix que je ne serais jamais les quatre cavaliers intemporels. Je pleurais. Je voulais mon couteau, je voulais entraîner des chevaux vers un horizon de feu, je voulais être une légende. Je parvins enfin chez moi. Imaginez-moi trébuchant sur le gazon rôti par l'été, mille aiguilles, heurtant la Panhard, proférant un juron, m'appuyant à la carrosserie ocellée de fientes, humant l'odeur de terreau qui provenait des sièges et celle de poussière que dispensaient des végétaux exténués. J'eus la sensation de renaître. J'avais foi en demain, comme je l'avais déjà eue si souvent. Je rêvai de sous-bois, d'eaux vives, de tourbières. Partir loin, vers les arbres et les sources. Je songeai également à ces chevaux noirs suspendus dans la chambre de mes parents, dans cette pièce où je ne m'étais plus introduit depuis que j'en avais fait des œuvres tournoyant dans le silence. Leur parler, les effleurer, les revoir donc avant mon départ, car, me sembla-t-il soudain, j'étais prêt pour l'épopée dont je serais l'acteur principal, mais sans penser bien sûr un instant que j'en serais le scribe. Je revivais. Je serais les quatre cavaliers. Comment pourrait-il en être autrement ? Comment avais-je pu douter de mon destin ? Comment pouvais-je m'accepter statufié par le doute ? Comment était-il possible que moi, le dieu suprême, je sois assailli par des doutes et que j'aie le cœur cisaillé par une voix me murmurant : Tu n'es rien, tu ne seras ni la Guerre ni la Justice, tu n'es rien, entends-tu ? Je me jurais de ne plus me laisser troubler par elle. Comme pour me récompenser de cette réconfortante résolution ma mémoire me rappela où se trouvait mon couteau. Il reposait sur ma table de chevet.

Ils jonchaient le sol de la chambre conjugale, mes beaux chevaux de papier aux yeux d'or, ils traînaient dans la poussière, tout froissés, tout déchirés, et leurs yeux arrachés, de la splendeur en lambeaux, un chapitre qui se clôt. J'étais atterré. Immobile, écoutant monter en moi, du plus profond de moi, ma fidèle compagne, ma si implacable fureur. Je redevins celui que j'avais été une nuit de juin, dans cette même pièce.

C'était elle, ma tante, Éliane Harfang, qui avait détruit mes chevaux noirs. C'était elle, une évidence.

Le cœur cognait dans ma poitrine, mon souffle se mua en halètement, des frissons succédèrent à des frissons, une froide sueur abonda à mes tempes. Comme j'aimais cela, cette fièvre qui m'envahissait, qui précédait la nécessité de châtier. J'allais, souple et prudent, jeune fauve, de l'armoire à la commode et de la commode à l'armoire – on les avait vidées de tous les vêtements de Laure Harfang. C'était Éliane, c'était elle l'auteur de ce vol, de ce sacrilège. Pourquoi ne pas laisser mourir les choses, là où les disparus les avaient abandonnées ?

Éliane devait être anéantie par la peur. Elle devait m'écouter me mouvoir si près d'elle, juste un galandage nous séparant. Je fus bon à son égard, je ne la fis pas languir longtemps, me voilà, j'étais devant elle, moi, le dernier des Harfang et le plus insondable, le plus décidé à vivre ses rêves. Elle s'était réfugiée dans un coin de sa chambre. Visez-la, la rapiat, la cinglée, la garce, vêtue d'une robe en velours ayant appartenu à ma mère, elle paraissait grotesque dedans, tandis qu'elle chevrotait des « non ! » en cascade. Elle n'en menait pas large. Je l'empoignai, la relâchai, car la toucher me répugnait, la frappai au cou du tranchant de la main. Elle eut un couinement de douleur, pas un cri, non, un couinement, vraiment, quelque chose à son image, de grêle, donc, un son que ne produisent que les animaux inférieurs, ce qui m'exaspéra, décupla ma fureur (une fureur joyeuse, si je puis dire, et c'est la pire des fureurs, elle est magnifique et meurtrière). Je ne m'appartins plus. Je la soutins, elle, Éliane, la pantelante, car elle était sur le point de s'écrouler. De mon poing je l'atteignis au visage, au cou, à la poitrine. Elle fut bientôt entre mes bras, lourde, très lourde, évanouie. Je me mis à haïr cette masse inerte. J'en eus bientôt plus qu'assez de la soutenir, de donner l'impression de l'étreindre, alors je l'envoyai valser au milieu de la pièce. Rien ne m'excita plus que de la voir à terre. Et je la frappai encore, cent fois, avec un objet, lampe ou cendrier, je ne me souviens plus. Tout son corps exhala soudain un fascinant silence. Jamais aucun de mes crimes ne m'avait autant comblé que celui-là, sans doute parce que je venais de le perpétrer sur quelqu'un de mon sang. L'ultime pas avait été franchi : plus rien ne me retenait d'instaurer un nouvel ordre au monde, de régner sur lui.

Afin de ne pas m'attirer la colère de mes ancêtres je rendis un dernier hommage à ma tante. Je la parai comme une de ces statues espagnoles que les suppliants et les exaucés harnachent de bijoux et je la fis reposer dans une chambre ardente. Entre ses mains jointes nul crucifix, nul chapelet, mais un collier d'ambre et un bracelet de jade. À ses doigts, des bagues, à ses chevilles, des bracelets, sur sa chevelure dénouée, un bandeau en strass du Rhin. Elle rutilait. Morte, elle était de notre tribu. Au bas du lit, sur des socles de fortune (assiettes, plats, soucoupes, bols), des bougies. J'en plaçai exactement trente-sept, à très peu de distance les unes des autres, à très peu de distance aussi des pans d'une cape de mousseline couleur de jonquille dont ma mère certains soirs se drapait et dont j'avais recouvert Éliane. J'ouvris ensuite la fenêtre, en espérant qu'un courant d'air ploierait les flammes vers l'étoffe jaune et que de cet effleurement naîtrait le feu.

Dans un sac à dos je fourrai trois paires de chaussettes, trois chemises, un pantalon, une ribambelle de slips auxquels j'ajoutai brosse à dents, pâte dentifrice, savon, mousse à raser et rasoir. Sans oublier une boîte d'allumettes, la carte de la région roannaise que m'avait donnée jadis Éliane et mon couteau. J'avais très peu d'argent. Je n'avais trouvé dans la chambre de ma tante que des petites coupures. Avant de la quitter définitivement, j'avais du pied incliné une bougie vers la mousseline. Et que le ciel décide si tout devait devenir cendres.

J'ai oublié de préciser qu'un grand sac en plastique contenait le jerricane. Malgré son poids je m'obligeais à marcher d'un bon pas dans les rues. Il était dix heures du soir. J'étais impatient de dialoguer avec la nuit des campagnes, avec le feu, avec les plus beaux chevaux du monde. Je hélai un taxi.

Gare Montparnasse.

Tentation de dire au chauffeur (friselis de cheveux auburn sur sa nuque) : Je m'appelle Jo Harfang.

Peu de circulation.

Et soudain, la gare.

Je réglai la course à l'homme à la belle nuque. Au revoir, bonne soirée.

Pouvoir aimer quelqu'un, une chimère ? Question sans intérêt.

Le hall de verre et de béton. À un distributeur automatique je retirai mon billet.

Je n'avais à parler à personne. Je me demandai un instant si c'était douloureux ou non. Aucune réponse ne vint d'eux, mes aïeux, mes archanges légendaires.

Je regardai les gens, mais aucun n'avait vraiment de visage. De la brume, et passablement bruyante.

Le quai, mat, sans ombre, immense.

Je montai dans un wagon, me pelotonnai sur un siège, fermai les yeux, ne les rouvris qu'à Rambouillet.

Je traversai la ville en me traînant, comme dans un songe, mais sans m'égarer.

Une route, des sentiers, un champ, la forêt.

J'étais brisé de fatigue. Je m'étendis dans un creux masqué par un écran de broussailles. Je m'endormis aussitôt et je n'eus plus conscience de la nuit, je ne me souvins plus des vivants et des morts, je dormis comme un bienheureux dans sa bauge, je n'eus plus une pensée pour mes chevaux tant aimés ni pour la vie que j'aurais à vivre dès demain, je dormis plus de vingt heures d'affilée.

Une nuit pleine, et presque un jour. Je me réveillai au coucher du soleil. Un petit vent ravigotant voiturait des odeurs d'eaux saumâtres, de regain et d'écorce sèche. Je restai longtemps les yeux ouverts, sans faire un mouvement, tout à des songeries où s'enchevêtraient des images d'animaux se désaltérant à une mare, de prairies s'étalant à l'infini, de forêts comme il n'y en a que dans les livres, immenses, pures de toute trace humaine – je recréais un monde qu'avaient aboli les civilisations. J'étais paisible. La faim ne me tourmentait pas, bien que je n'aie rien avalé depuis je ne savais plus exactement quand. Le ciel s'obscurcit. Je me levai, je quittai mon berceau d'humus. Les volets de la maison de maître étaient fermés. Pas une lumière ne passait entre leurs lattes. Je planquai mon sac à dos parmi les buissons. Je n'aurais ainsi qu'à porter le jerricane. J'ôtai mes chaussures – nouées ensemble elles pendaient à mon épaule tel un gibier – et c'est pieds nus que je me dirigeai vers le centre équestre. Du silence et le noir de la nuit. Le propriétaire et son palefrenier avaient sans doute coulé dans un profond sommeil. Je répandis de l'essence au bas des portes d'entrée et de service de la villa, de même qu'au bas de ses fenêtres. Ensuite j'allai vers les écuries. L'étroite fenêtre entre les portails était ouverte, comme à l'accoutumée. Je me hissai jusqu'à elle. Congestionné et en nage je calai mes fesses sur son rebord, puis je me laissai glisser dans la pénombre sentant le fourrage, le cuir, le cheval. Pas un hennissement, mais le raclement de sabots sur le ciment, mais des cous qui se tendaient, mais des poitrails qui se pressaient contre des cloisons à claire-voie, mais des yeux qui me fixaient. Et voici Caliban, et voilà Persan, et voici Hérode, et voilà Ruffian, et voici César, et voilà Fédora. Et voici ceux dont j'ignorais le nom. Dix-sept chevaux. Je reconnaissais certains rien qu'en leur caressant le naseau, rien qu'en leur flattant l'encolure, ensuite je leur murmurais des mots tendres, des mots étranges, des mots que j'inventais. Que je les aimais, mes chevaux ! Qu'ils étaient miens ! Et cet amour qui me liait si puissamment à eux m'ordonna de m'arracher à leur massive splendeur, de gravir l'unique escalier de bois, au fond du bâtiment, de me faire plus léger que du duvet, de déboucher sur un couloir, de pousser une porte.

L'homme était couché sur le dos. Il ronflait gentiment. Le poignarder, et sans hésiter, et sans ciller, et puis m'en retourner auprès de mes chevaux, comme si de rien n'était. Mais je n'écoutai pas la voix qui me disait d'agir, là, tout de suite. Je soulevai très délicatement la couverture protégeant la nudité de l'homme. Car il était nu. Des ombres et des formes dans une semi-pénombre (les rideaux n'avaient pas été tirés, il n'y avait pas de persiennes). D'un doigt j'effleurai l'intérieur des cuisses du dormeur. J'étais émerveillé de mon audace. Toute voix en moi s'était tue. Sous mes caresses, l'homme, évidemment, se réveilla. Il se redressa, me repoussa de ses bras. Il vit mon couteau. Qu'il puisse y avoir lutte me désorienta une seconde. Toute idée de combat me mit bientôt en fureur. La lame vint à mon secours. Elle était agile et mue par une force inouïe. Elle lacéra, elle se fraya un chemin dans les chairs, elle transperça un cœur. La voix en moi était revenue et elle exigeait plus. Et la lame fut docile. Elle se retira du corps blessé, y revint, s'en éloigna, y revint encore, inlassablement. La voix se lassa d'exiger. Toute exaltation en moi se dissipa d'un coup. Y aura-t-il un jour où ma fureur ne se manifestera plus ? Un jour où je serai lassé de notre compagnonnage ? Un jour où je ne serai plus moi-même ? Impossible !

Vous entendez, c'est impossible !

J'entendis les chevaux s'agiter. Ils m'appelaient, ils me voulaient.

Je leur ai parlé, ce soir-là. Je leur ai dit que nous serions pour toujours ensemble, que nous irions bientôt de par l'univers, je leur ai dit que nous ne mourrions jamais, je leur ai dit qui j'étais, je leur ai dit que je les aimais. Ensuite, j'ai tiré le verrou d'un des portails et je suis sorti dans la cour. Je me suis dit : C'est maintenant, et j'ai ressenti une bouleversante plénitude. J'ai gratté une allumette, deux, trois, dix, et il y eut le feu, tout d'abord timide, comme hésitant, salement froissé par le vent nocturne, enfin le feu a grandi, a haussé le ton, et ses flammes ont été de vraies flammes, robustes, très hautes, sifflantes. À l'étage de la maison de maître un homme a crié sa stupéfaction, sa peur et sa rage. Moi, je suis retourné aux écuries. J'ai chaussé des bottes et j'ai sellé Caliban. J'ai versé ce qui restait du jerricane sur les premières marches de l'escalier de bois et sur un tas de foin. Les chevaux ont piaffé, se sont cabrés, dès qu'ils ont perçu le second brasier. J'ai déverrouillé les portes de toutes les stalles. J'ai enfourché Caliban. Et j'ai éprouvé une ivresse qu'aucun de mes crimes n'avait su me procurer.

Dix-sept chevaux et un cavalier, libres et invincibles, émergeant dans la nuit incendiée. Sur leur robe les reflets cuivrés d'un monde qui ne serait bientôt plus que cendres. Je pris rapidement la tête de la horde galopante. Trombe, elle saccagea un champ, sauta une barrière, plongea au plus fourni de grandes herbes. Dix-sept chevaux ralentirent leur course, lorsqu'ils s'enfoncèrent dans des ténèbres végétales. La forêt les attendait. Elle les accueillit. Cette fois il n'y eut pas de muraille de ronces pour contrarier, voire briser, leur progression. La forêt s'était faite leur alliée. Dix-sept chevaux avançaient à petites foulées. Dans une clairière la horde s'arrêta. Ils broutèrent un invisible gazon, ils se désaltérèrent à une invisible source. Nuit végétale, nuit inhumaine. Je ne descendis pas de ma monture, sinon je n'aurais plus été centaure, et c'était ce que je désirais être.

Dix-sept chevaux et un cavalier débouchèrent sur une route (aucune forêt n'est infinie – qu'est-ce qui est infini, d'ailleurs ?). Ils la traversèrent à un trot pépère. Encore des champs et encore des prés et encore des bois et encore des routes.

Des hommes et des femmes durent témoigner de leur brève rencontre avec les cavales fabuleuses menées par un jeune garçon. Des automobilistes, des paysans, des promeneurs, et ce conducteur qui vit dix-sept chevaux faire du capot de sa voiture une marmelade de tôles. Parce qu'il les avait injuriés, parce qu'il m'avait insulté, parce qu'il se prit pour ce qu'il n'était pas.

On était à nos trousses. Je le savais, je le sentais. C'était plausible, non ? Mais nous allions comme le vent, nous volions, et j'étais centaure.

Combien de jours et combien de nuits par monts et par vaux ?

Dix-sept chevaux increvables, teigneux, sublimes, mythologiques, et un cavalier aux joues bleuies de barbe, lui en revanche rompu de fatigue, drôle d'archange, drôle de dieu, avec une expression de vieux roué opiomane.

Nous allions, mais où ? Nous allions, un point, c'est tout.

Je me disais : Je vais mourir. Je n'en peux plus.

J'étais affamé. Je ne me nourrissais que de baies.

Un soir, nous entendîmes des jappements. Dix-sept chevaux les entendirent et aussitôt déguerpirent de la jachère où ils paissaient. Ils galopèrent longtemps. Mais les jappements les poursuivaient toujours. Dix-sept chevaux et un cavalier, et le cavalier invoquait la venue de brumes si épaisses que même la meute la plus aguerrie à talonner le chevreuil ou le cerf en serait déboussolée.

Notre vœu fut exaucé. Les brouillards nappèrent les campagnes. Et dix-sept chevaux et un cavalier échappèrent aux molosses. Seul un royal silence les accompagnait désormais.

Combien de jours et combien de nuits, depuis l'incendie ?

Quelle était notre destination ? On s'en moquait. Nous filions droit devant nous.

Moins de forêts et plus d'emblavures. Il faisait chaud, atrocement. Le sol était dur comme un pavage en galets. Quelques arbres roux, des routes pulvérulentes et des ciels changeants. Des ciels comme chaulés et brûlants ; des ciels mouillés de gros nuages purpurins ; des ciels comme du lait caillé ; des ciels de métal ; des ciels tout simplement d'or ; des ciels fripés ; des ciels lisses, comme ayant été consciencieusement étamés ; des ciels nus et des ciels encombrés – nuées, queues de comètes, anges ; des ciels et des ciels jusqu'à la fin des siècles. Psaumes météorologiques.

Je bus l'eau des mares, je pénétrai dans des poulaillers et y gobai des œufs (mais oui, je dus parfois renoncer à être centaure). Je survivais. J'étais hâve, j'étais maigre, j'étais crasseux. J'étais méconnaissable. Juché sur Caliban, j'avais l'air d'un ballot mal arrimé. Je tanguais. J'avais froid, même sous le soleil.

J'étais un dieu, et pourtant, parfois, j'avais envie d'en finir.

Dix-sept chevaux et un cavalier passèrent des ponts et longèrent des chemins de halage.

J'étais si épuisé qu'on aurait pu me comparer à une cosse vide. Je ne pensais plus aux incendies, plus à mes victimes. Je me disais que, lorsque je serais parvenu à cet état où ni faim ni soif ne tenaillent plus, je serais vraiment un dieu.

Un soir dix-sept chevaux s'enivrèrent des amères odeurs dispensées par un marais et sa couronne de bouleaux. Paysage lunaire. Des blancs ternes, des bleus flétris, des verts mélancoliques. Où étions-nous ? En quelle contrée ? Sur quelle planète ? Cela avait-il la moindre importance ? L'endroit était beau, tout était calme. Dix-sept chevaux immobiles et moi couché au bas de l'un d'eux, moi, Jo Harfang Ventre Creux, j'essayais de dénombrer les astres nocturnes. Plus de bleus ni de verts. La nuit était là, absolue. Brusquement dix-sept chevaux relevèrent le col. Ils se pressèrent les uns contre les autres. Ils écoutaient. Au-delà des bouleaux, des présences étrangères. Des hommes, sans doute, des hommes et des chiens. Ils étaient tout près de nous. Ils se rapprochaient. Ils avançaient vers nous. Alors les chevaux se mirent à tournoyer sur eux-mêmes. Et voilà que seize chevaux firent barrage à une phalange de types en uniforme et à leurs cerbères, tandis que le dix-septième et son cavalier plongeaient dans l'étendue stagnante et se perdaient dans les vapeurs roulant à leur surface.

La traversée du marais fut longue. De l'autre côté des eaux, de l'autre côté du monde, tout respirait la sérénité. On ne s'éternisa pas parmi les roseaux, Caliban et moi. On parcourut des kilomètres et des kilomètres. On contourna des villages, on se jeta au plus profond de forêts où j'eus l'impression de me noyer. J'étais comme soudé à ma monture. Mais notre étreinte s'acheva à l'orée d'une ronceraie. Caliban s'effondra sous moi, tout d'un coup. Il était mort. Je fus comme un enfant plein de colère et d'effroi. L'ami m'avait abandonné. Je le frappai, et le frappai encore. Caliban n'avait été qu'une créature terrestre. Et moi, étais-je vraiment invincible, vraiment immortel ?

Les chiens et leurs maîtres rôdaient pas très loin, je le savais. Et je n'étais plus qu'un fugitif. Je n'étais plus un cavalier ni un centaure. Caliban m'avait trahi. Je m'éloignai de mon beau destrier. Il n'y aurait pour lui aucun rituel funéraire. Et les chiens voulaient ma peau. Et les hommes me haïssaient.

Des labours et des vignes.

C'était l'été ? L'automne ? En quelle saison étais-je ?

Je dormis dans des granges, entre des ceps, dans une sapinière. Je dormis n'importe où. Combien de jours et combien de nuits à errer ainsi ?

Je marchais, je marchais et quelle fosse m'attendait ? Je ne sentais plus mon corps. Je suis qui ? me demandais-je parfois. Et sur la lame de mon couteau je voyais se refléter le visage d'un diable hirsute, souillé de fange. J'avançais comme masqué, et quel masque ! Je fredonnais : Il y avait dix-sept chevaux et un cavalier, il y avait… C'était une comptine.

Une nuit glaciale, j'élus pour domicile d'un soir une fougeraie.

Et les chiens, Jo Harfang, ils étaient où ? Campagnes mutiques. Paupières fermées je me blottis dans un lit de boue. Je n'avais plus conscience de rien. Est-ce que les chiens existent ? Est-ce que le vent existe ? Est-ce que le froid existe ? Qui existe ici-bas ? J'entrai en léthargie. Et je les vis, une laie et ses marcassins. Ils me reniflèrent. De leurs hures ils me firent rouler de droite et de gauche. La laie était gigantesque. On dit que ce genre d'animal éventre, avant de dévorer. Elle était puanteur et puissance. Et douceur, aussi. Elle se vautra contre moi, et sa progéniture avec elle. Ils me tinrent chaud jusqu'au matin. J'eus des rêves de sables mouvants, de feux de brousse. J'échappais à tout. Quand le soleil perça à travers les feuillages la laie avait disparu. Mais elle m'avait transmis sa chaleur et sa force. Grâce à elle, je me disais, je saurai parvenir au royaume des chevaux noirs.

Je ne vacillais plus. J'allais à grandes enjambées, pèlerin ou brigand, enfin homme du temps jadis.

J'étais prêt à les rejoindre, ces chevaux noirs, ces chevaux d'ébène, ces bêtes sculptées dans de la nuit.

Il plut des heures et des heures.

Des paysages à foison. Des jours et des nuits.

Des mares, des prés, des champs. Le monde se répétait.

Des panneaux sur lesquels étaient inscrites des lettres. Elles formaient des noms de bourgades et parfois de villes.

Roanne, enfin.

Un bocage. Des haies griffues et remplies de passereaux. Mille pépiements.

Je ne pénétrai pas dans la ville de mes ancêtres. On aurait remarqué dans l'instant le démon en guenilles que j'étais devenu. Je trouvai refuge dans un fenil. La ferme n'était plus que murs croulants. Une glycine s'était invitée là, où jadis il y avait eu la salle commune et l'âtre. Les ruines me rassurent toujours. Parce qu'elles sont le fief d'esprits, d'un opulent silence et de chats harets. Je résidai une semaine dans cette oasis. Jusqu'au matin où la lande et les chevaux noirs m'appelèrent. J'allais réintégrer un domaine qui avait été le mien en des temps anciens. Plus que l'intuition, j'eus la certitude que j'étais non loin de la terre des Harfang. Je serais bientôt chez moi, je le savais.

Par des routes tout en épingles à cheveux je suis parvenu à cette lande qui est nôtre, à nous, les Harfang. Je me suis faufilé entre des genêts et des bruyères et j'ai respiré leur tonique amertume. J'ai écarté des branches et j'en ai brisé d'autres. J'étais plus que fourbu mais j'étais soudain comme un géant. Qu'est-ce qui aurait pu alors me résister ? Le voyage s'achevait ici. Et l'ancienne bergerie s'est brusquement dressée devant moi, austère, granitique, tavelée de lichens, avec cette béance à l'endroit où il y avait eu jadis un portail et par laquelle je me suis engouffré. L'air y était saturé d'une odeur de miel rance, d'urine et de cave. Du toit ne subsistait que la charpente. Je me suis fait pur silence, comme avant moi Éric Harfang et son destrier, comme avant moi Serge Harfang, l'homme qui se taillada les veines entouré par des cavales d'ébène. Mais je n'étais ni l'un ni l'autre, j'étais le dernier d'une prodigieuse lignée et j'avais eu des rêves et j'avais échoué en partie à les réaliser. Qui parlera de moi dans les prochaines décennies ? Que dira-t-on de moi, si tant est que je devienne un sujet de conversation, voire de fascination ? Dira-t-on que j'ai été peu de chose sur terre mais que ce peu, eh bien, je l'ai été avec conviction ? Dira-t-on que je n'ai su ou pu incarner la Guerre et la Pestilence ? Dira-t-on mon désespoir à n'avoir pas réussi à me muer en légende ? Qui dira que la fureur m'a quitté un jour, sur une route, non loin de Roanne, et qu'elle n'est pas revenue ? Qui dira quel homme j'ai été ? Qui dira que j'ai été un dieu et que nul ne s'en est jamais aperçu ? Qui dira ce qu'est un homme et qui dira ce qu'est un dieu ? Et je me disais dans cette bergerie ouverte à tous les vents : Où sont les chevaux ? Et pour la première fois de ma vie j'ai compris que, homme ou dieu, je pouvais mourir, que j'allais mourir, que j'étais déjà comme mort.

Et que les chiens soient loups !

Et je les ai de nouveau entendus. Mais j'ai décidé que cette nuit-là je serais sourd à leurs hurlements. Je me suis roulé en boule à même le sol. Je n'ai pas trouvé le sommeil. Je n'ai pas cessé de me tourner et de me retourner. Sous moi ça résonnait et gémissait, comme si dans les profondeurs de la terre existait une nuit plus peuplée que celle qui m'entourait. J'ai frappé de mes poings le sol et à chacun de mes coups un écho lui a répondu. J'ai gratté la mince paillasse d'humus et j'ai découvert comme un plancher, mais un plancher en sacrément mauvais état, spongieux et rongé de vermine. De mes talons j'ai appuyé sur ses lattes disjointes. J'ai tapé, j'ai tapé et elles ont cédé. J'étais au bord d'une fosse, et c'était l'aube. Une lumière laiteuse s'est insinuée entre les tronçons des poutres faîtières. Je me suis penché et j'ai distingué de grandes formes sombres. En me penchant un peu plus j'ai pu les toucher et j'ai pu énumérer ce que je palpais : un chanfrein, des naseaux, une crinière. La lumière a progressé, elle a coulé contre une tête, une encolure, une croupe, des pattes. Elle s'est moulée à eux. J'ai vu des sabots. J'ai vu des bêtes cabrées. J'ai vu les quatre chevaux d'ébène. La lumière s'est intensifiée, les a rendus frémissants. J'ai flatté leur maigreur et leur fureur statufiée. Et je me suis laissé glisser vers eux.

Les heures ont succédé aux heures. Le jour s'est retiré, la nuit a repris possession du monde. J'étais immobile, au milieu d'eux, pareil à un gisant. Les chiens étaient là-haut et formaient une frise autour de la fosse, bientôt doublée par une autre, celle-ci constituée d'hommes. Alors je me suis tranché les veines des poignets. Et j'ai prié pour être enfin un dieu à jamais silencieux.

Le 15 octobre 1993

Vincent et Laure Harfang, ses parents,
Éliane Harfang, sa tante,

ont la douleur de vous faire part du décès de

Joseph HARFANG

Survenu le 13 octobre 1993

Priez pour celui qui a renoncé à vivre

Les obsèques civiles seront célébrées le 19 octobre,
à 15 heures, au cimetière de Roanne.

M. et Mme Harfang
79, rue Léon-Frot
75011 – Paris

Du même auteur :

MIREILLE BALIN OU LA BEAUTÉ FOUDROYÉE, Éditions de la Manufacture, 1989.
NOCTURNES, HB éditions, 1996.
LA PROVINCE DES TÉNÈBRES, Phébus, 1998. Prix Femina du Premier roman.
LA VILLE ASSIÉGÉE, Le Rocher, 2000.
EN SILENCE, Phébus, 2000. Prix Jean Giono.
LILY, Phébus, 2002.
IVRESSES DU FILS, Stock, 2004.
DES CHEVAUX NOIRS, roman, Stock, 2006.
DES AMANTS, Stock, 2008.

Composition réalisée par IGS-CP

Imprimé en Espagne en décembre 2007 par
LIBERDUPLEX
Sant Llorenç d'Hortons (08791)
Dépôt légal 1re publication : janvier 2008
N° d'éditeur : 94006
Librairie Générale Française - 31, rue de Fleurus - 75278 Paris Cedex 06

Janvier 2008

Délire Dominique ? De l'empreinte de l'histoire familiale sur un homme-garçon...